AF399291

En vanlig uppväxt

Erik Ferry

FSC
www.fsc.org
MIX
Papper från
ansvarsfulla källor
Paper from
responsible sources
FSC® C105338

Till Maria, du har gett mig kraft att gå upprätt genom den orkan vi genomlevt de sista åren. Tänk att vårt liv är så pass bra trots all stress och oro, jag ser fram emot att leva mitt resterande liv tillsammans med dig (minst 100 år till borde det väll bli?). Till Alva, du sprider glädje och skratt vart du än går. Jag är stolt över dig på så många sätt, du är starkare än vad någon femåring skall behöva vara. Till Edde för att du kämpat emot alla odds och lever. Trots att du fått lära dig den hårda vägen att livet är orättvist så spelar det ingen roll för dig, du reser dig gång på gång och bubblar av glädje. Jag älskar er alla tre av hela mitt hjärta och fylls varje dag av tacksamheten över att jag får leva mitt liv med just er.

Det här är en helt fiktiv bok. Men ibland finns det likheter mellan verkligheten och fiktionen. Alla negativa associationer mellan personer i boken och nu levande människor hoppas jag att ni kan bortse ifrån och skylla på slumpen, alla positiva kopplingar föreslår jag att ni istället tolkar som komplimanger.

Inledning

Vintern började sakta övergå till vår. Marken var bar utom två stora snöhögar som kämpade vidare bredvid en vit radhuslänga. Fåglarna hade börjat sjunga och barnen i kvarteret sprang lekandes runt. Det var bara två barn som inte njöt av vintervårvädret, Fredrik och David hade av sin far Göran fått i uppdrag att göra sina cyklar redo för våren. Göran var av den bestämda uppfattningen att han visste bäst i nästan allt. Denna dag visste han att det var dags att göra cyklarna redo för våren. Argumenten som sönerna kom med, "kan vi inte göra det senare idag så hinner vi leka med våra kompisar", "men ingen annan måste ju göra cykeln redo för våren", "cykeln fungerar ju redan alldeles utmärkt", ändrade inte hans ståndpunkt det minsta. Inför varje vår skulle man spänna kedjan, byta till dubbfria däck och olja vara sig det behövdes eller ej det hade han lärt sig av sin far och det skulle förhoppningsvis hans söner ta med sig efter honom. Göran förklarade, som han ofta gjorde, för sina söner att de skulle tacka honom när de blev äldre.

— För visst vet ni vad som händer om man inte sköter sina saker?

— Ja, vi har hört det flera gånger pappa.

— Då tar tingen över och helt plötsligt står vi i en värld där det är sakerna och inte vi människor som styr, skulle ni vilja leva i den världen?

— Om vi slapp allt onödiga arbetet som du hittar på, mumlade David lågt.

Göran noterade inte sönernas missnöjdhet utan stod glatt bredvid dem när de gjorde cyklarna vårklara. Det hade egentligen kunnat gå ganska snabbt för David och Fredrik, det var bara några småsaker som skulle göras med cyklarna.

Men eftersom Göran konstant kom med tips, uppmaningar och försökte hjälpa till så gick allting väldigt långsamt. En egenskap som Göran hade, men själv var helt omedveten om, var att han var långsam och omständlig. Han kunde göra nästan vilken vardaglig uppgift som helst till ett stort tidsödande projekt. Rekordet var troligen när han lyckades få en helt vanlig fickparkering att ta trekvart. Medan Göran var ute och lärde sina söner om hur livet skulle levas så satt hans fru Eva som vanligt inne och läste. Hon var höggravid med deras tredje barn. Göran och Eva hade några år efter att Fredrik föddes försökt få ett till barn men det hade blivit ett missfall och sedan hade de gett upp tanken på att de kunde få fler barn. Men nu så var Eva ändå höggravid, hon brukade säga att hon hade deras kärleksbarn i magen, Göran brukade å sin sida säga att det var en missräkning, förvisso en trevlig missräkning, men ändå en missräkning. Eva hade under morgonen börjat få känningar av värkar men varken hon eller Göran var speciellt sugna på att åka in för tidigt till sjukhuset så de hade inte sagt något till sina söner. Värkarna hade ökat under dagen och Eva hade faktiskt svårt att koncentrera sig på läsningen, bokstäverna flöt ihop och hon var tvungen att läsa om nästan varje sida. Men eftersom hon var i ett spännande skede av boken så ville hon inte pausa utan fortsatte. När hon hade läst klart kapitlet så kände hon ändå att det var dags att berätta för Göran så att han var beredd på att det snart var dags. Hon tog med mycket möda sig upp ur fåtöljen och började sedan sakta stappla mot ytterdörren. Hon kände plötsligt att det började rinna vätska efter benet och insåg att vattnet hade gått. Hon ökade på farten och stapplade istället in på toaletten. Väl där försökte hon rädda kläderna från att bli genomblöta, men det var redan för sent. Hon lät vattnet rinna klart före hon gick ut till Göran.

– Det verkar vara dags nu, sa Eva.

– Vad då, sa Göran.

– Vattnet har gått.

– Jaha, vad roligt.

Göran log mot Eva och gav henne en stor kram.

– Tror du att vi hinner laga klart cyklarna, det är viktigt att pojkarna får lära sig hur man gör det här, annars kommer tingen att ta över.

Eva funderade lite. Hon hade bara ett kapitel kvar i boken, det vore skönt att läsa klart den före de åkte in till sjukhuset.

– Det hinner ni nog, men låt det inte ta för lång tid, jag går in och läser så länge

Eva lyckades ta sig in till sin läsfåtölj och slog sig ned med boken. Men värkarna kom tätare och tätare så det gick ännu långsammare att läsa. Hon fick kämpa för varje mening men var ändå tvungen att läsa om varje rad flera gånger. Tillslut kände hon att det inte gick längre, de var tvungna att åka in till sjukhuset. När hon försökte resa sig upp insåg hon att hon hade problem, hon klarade inte av att resa sig ur fåtöljen. Eva ropade högt efter Göran, hon väntade men fick inget svar. Hon skrek för full hals efter honom och väntade återigen på ett svar. När hon satt där ensam insåg hon att hon inte skulle få hjälp av Göran förrän han tyckte att de hade lagat cyklarna färdigt. Eva funderade lite på vad hon kunde göra och insåg att även om hon inte kunde resa sig upp ur fåtöljen skulle hon säkerligen kunna ramla ur den. Hon började gunga fram och tillbaka, när hon kände att hon hade fått nog fart så använde hon alla sina muskler för att slunga sig framåt. Hon lyckades över förväntan, hon nästan flög ner på golvet. I fallet slog hon ner en prydnadstallrik som gick sönder när den träffade golvet. Eftersom hon hade landat rakt på magen så hade smärtan ökat avsevärt. När hon hade fått någorlunda kontroll över smärtan så började hon krypa mot ytterdörren. Det tog tid och var många hinder på vägen. Först var hon tvungen att kasta bort de största porslinsbitarna från den krossade prydnadstallriken, sedan var hon tvungen att runda pianot och rulla över en ryamatta före hon var ute i hallen. Väl i hallen lyckades hon med hjälp av en hockeyklubba trycka ned dörrhandtaget. Hon såg Göran följa sönernas arbeta.

— Göran, jag behöver hjälp.

— Absolut, jag kommer strax.

— Nu. Jag behöver hjälp nu.

— Okey.
Göran vände sig om

— Men älskling, varför ligger du ner, det är väl onödigt när du snart ska föda.

— Jag ramlade ur fåtöljen när du inte svarade.

— Du är rolig min lilla klantboll.
Göran gick skrattandes fram till Eva och hjälpte henne upp.

— Ska vi åka nu tycker du?

— Det tycker jag verkligen, jag ville åka när jag satt i fåtöljen redan.

— Men varför ropade du inte.
Eva var för trött för att ta ännu en meningslös diskussion.

— Hämtar du bilen, frågade Eva.

— Det fixar jag, jag ska bara säga till David och Fredrik att ta in verktygen.

— Jag klarar det, gå bara och hämta bilen, det är bråttom nu.
Göran hämtade bilnycklarna och gick med raska steg. När Göran träffade på en granne så blev Eva orolig. Men han stannade inte ens och pratade utan gick vidare direkt mot

bilen, Eva kände sig på något konstigt sätt stolt över sin man. Hon förklarade för David och Fredrik att de skulle iväg. Att de fick äta och sova hos grannarna som de pratat om tidigare.

– Tyvärr har vi inte hunnit berätta för dem att det är på gång så ni måste själva gå dit och berätta hur det ligger till.

– Det fixar vi, sa David.

– Kan vi hjälpa dig på något sätt, sa Fredrik.

– Ni kan hämta ryggsäcken som jag packat, den står i hallen, sedan kan ni hjälp mig att sätta mig i bilen när pappa kommer.

Eftersom Eva var så otymplig i sina rörelser så hann Göran fram med bilen före hon var framme vid staketet. Medan David och Fredrik hjälpte Eva att sätta sig så sprang Göran ut ur bilen.

– Måste hämta kamera och gå på toa, kommer strax, skrek han.

– Jag har packat kameran, kom nu, svarade Eva.

– Bra, då blir det bara toa, har stressmage.

– Vad tror du jag har, sa Eva tyst för sig själva samtidigt som hon satte sig i bilen.

Göran gjorde ett för honom fantastiskt kort toalettbesök och var ute i bilen igen på bara fem minuter.

– Kom ihåg att ställa in verktygen, och cyklarna, lås efter er också, sa Göran.

– Vi fixar det, kör iväg nu.

Färden till sjukhuset var både snabb och farlig. Snabb för att Göran efter första accelerationen bröt mot alla hastighetsgränser tills det att de bromsade in framför förlossningen. Farligt för att Göran även bröt mot två väjningsplikter, en stopplikt och dessutom gjorde en knapp omkörning just före sjukhuset. När de kom fram hade Eva börjat andas tyngre och värkarna kom tätare. Göran sprang in och ryckte tag i första bästa vitklädda person.

– Vi behöver hjälp, min fru ska föda.

– Vad roligt, kan hon gå själv, frågade den vitklädda barnmorskan.

– Jag vet inte, jag springer ut och frågar.
Göran sprang ut och frågade Eva och kom sedan tillbaka.

– Hon kan tydligen inte gå själv, verkar ganska arg också, började skälla ut mig för en vanlig fråga.

– Då kan du köra henne i den här rullstolen, barnmorskan och pekade på en rullstol som stod vid dörren.
Eva hade tätare värkar, andades tungt och skrek under de värsta värkarna. Barnmorskan insåg att det verkade betydligt längre gånget än vad hon förväntat sig.

– Jag tror att det snart kan vara dags för dig att föda så du ska få gå direkt in på ett förlossningsrum.

– Tack, sa Eva mellan två värkar.
De gick in på en förlossningssal. Göran fick order om att hjälpa Eva upp i sängen och dessutom hjälpa henne att byta om till en sjukhusskjorta. Under tiden hämtade barnmorskan en undersköterska för att få lite assistans.

– Jag heter Klara och det här är Agneta, vi ska hjälpa dig idag, det här kommer säkert att gå bra ska du se.

– Tack.

– Har du fött något barn tidigare?
Eva fick en värk och kunde inte svara.

– Vi har två pojkar sedan tidigare, svarade Göran.
Barnmorskan väntade ut värken.

– Nu tänkte jag titta hur långt du har kommit, går det bra?

– Det går bra, det känns som att det kommit ganska långt.

Barnmorskan bad Eva lägga upp fötterna i gynställning och satte sig sedan på en pall och började undersöka. Hon lutade sig sedan fram mot Eva.

– Bra jobbat, har du ont?

– Ja, stönade Eva fram.

– Det förstår jag, du är helt öppen och jag ser huvudet har redan börjat komma ut så sakteliga, du kom verkligen i sista stund. Vi kommer inte att hinna bedöva dig så det är bara att börja direkt.

– Vad snabb du är älskling, sa Göran.

Barnmorskan gav Göran en arg blick och försökte med blicken förmå honom att förstå att han skulle vara tyst. Oturligt nog visste inte barnmorskan att Göran var helt immun mot alla sådana antydningar. Förlossningen flöt sedan på bra. Det var mycket skrik och smärta, men det tog inte många minuter förrän ett välskapt gossebarn såg dagens ljus för första gången.

– Det blev en pojke till, ropade Göran glatt när barnet kom ut.

– Är du säker, sa Eva utmattat.

– Helt säker.

Göran tog snabbt fram kameran och fotograferade både barnet och Eva ur diverse osmickrande vinklar. Barnmorskan fick handgripligen stoppa honom från att fotografera moderkakan och Evas nedre regioner som Göran beskrev som "livets mirakel ur vilket min son fötts". När Eva sedan fått sonen till bröstet frågade hon.

– Verkar han må bra?

– Han verkar vara helt frisk och kry, allt tyder på att han mår bra.

– Vad skönt.

Hon låg och myste lite och frågade sedan.

– Kan jag få lite mer smärtlindring?

– Då måste jag fråga läkaren, om du ska få något starkare är det mer än vad jag har ordination att ge.

Eva nickade trött mot barnmorskan.

– Jag kan skriva ut något, jag är läkare, sa Göran glatt.

Barnmorskan tittade väldigt skeptiskt mot honom.

– Är du läkare?

– Ja.

Barnmorskan tittade frågande mot Eva som nickade sakta.

– Han är faktiskt det.

Barnmorskan tittade på Göran igen.

– Visst förstår du att du inte får göra det, du arbetar inte här och kan inte ge patienter medicin bara för att du är läkare.

– Det är ingen fara, jag behandlar hela familjen när de blir sjuka.

Trots Görans ihärdighet vägrade barnmorskan honom att på något sätt skriva "ett litet recept" som han beskrev det. Han gav upp och satte sig och bredvid Eva för att njuta av deras tredje son. Eva hade innerligt hoppats på en dotter. Göran hade hoppats på ännu en son som kunde gå i sin faders fotspår. Vad Göran inte visste var att deras två söner redan föregående år lovat varandra dyrt och heligt att ingen av dem skulle bli någotsånär lik sin far. Sonen låg och skrek i evas famn. Han skulle senare få namnet Peter. Det här var historien om hur han startade sitt liv i en helt normal familj.

Kapitel 1

Landskapet var vackert med utspridda röda hus på de gröna
ängarna. En liten å snirklade sig sakta framåt från en kulle ned
mot en sjö. Det var en fin sommardag, solen sken och det
syntes inte ett moln på himmelen. Det enda som störde
idyllen var den röda bilen som åkte betydligt snabbare än vad
som var både lämpligt och lagligt. I bilen satt Peter och
Fredrik i baksätet. Fredrik som just hade hunnit upp i tonåren
höll sig krampaktigt i sätet framför honom. Peter som var fem
år gammal hade inte uppnått den åldern då han insåg hur
farligt det var att åka bil när deras pappa Göran körde, men
han hade blivit lite åksjuk av den guppande körningen.
Bredvid Göran i framsätet satt deras mor Eva och småsjöng
delar ur en låt som hon bestämt hävdade var modern hitlåt.
Det första problemet med Evas sång låt var att hon sjöng så
dåligt att det var omöjligt att gissa vilken låt det var, det andra
problemet var att den så kallade moderna hitlåten egentligen
var en låt som hade varit modern i hennes ungdom. Bilen fick
lite sladd men rätade snabbt upp sig. Fredrik blev likblek
samtidigt som Göran inte ens gjorde det kortaste uppchåll i
sin vissling. Anledningen att Göran körde alldeles för snabbt
var för att de var sena till Davids konfirmation, David var
storebror till Fredrik och Peter. Det fanns olika uppfattningar
varför de blivit sena. Peter och Fredrik tyckte att det berodde
på i huvudsak Göran och till viss del Eva. Eva och Göran
skulle bestämt hävdat att det var deras vanliga otur. Göran
hade i vanlig ordning varit tidsoptimist i sitt planerande, efter
femtio års erfarenhet av misslyckad tidsplanering tycker man
nog att han skulle börja se ett samband mellan sin egen
tidsplanering och verkligheten, men så var inte fallet. Göran
trodde bestämt att det var otur att han alltid var sen. Fredrik

gjorde ett försök att få Göran att sänka farten, men det var ett försök som var dömt att misslyckas, Göran var inte direkt känd för att lyssna på andras åsikter i sådana här frågor. Eller några andra frågor heller för den delen.

– Klart vi ska hinna i tid till Davids konfirmation, sa Göran, det är ju en viktig händelse, han ska bli vuxen nu.

– Hade varit ännu roligare om vi hade åkt i god tid, sa Fredrik.

– Men så är livet, ibland sker oförutsedda saker och då måste man anpassa sig, det kommer du också lära dig när du blir vuxen.

– Det är inte oförutsett att gräset växer, dessutom måste man inte klippa det när man är sen till sin sons konfirmation.

– Men gräset var ju alldeles för högt, sa Eva, vi ska ju ha fika ikväll och då vill vi ju att det ska se trevligt ut för Davids skull. Dessutom så fick vi ju vänta på dig och Peter också.

– Vi hade väntat över en halvtimme på er, sedan så var jag tvungen att hjälpa Peter med kläderna när vi skulle gå för ni hade inte bytt hans kläder.

– Just det, det var oturligt att det kom många småsaker som gjorde oss sena, sa Eva. Men nu släpper vi det.
Göran styrde bilen på en smal grusväg som var anpassad för folk som kom i tid. Peters illamående började bli värre men han kände att det inte riktigt var rätt läge att be dem att stanna bilen så han bet ihop och fokuserade på vägen.

– Du kan väll i alla fall ta det lugnt här inne på kursgården, sa Fredrik.

– Absolut, jag tar det alltid lugnt sa Göran. Samtidigt som
en konfirmand kastade sig ur vägen för att inte bli påkörd
av den röda bilen.

Utan att låsa kastade sig alla fyra ur bilen och sprang i riktning
mot kyrkan. Det verkade som att varken Eva eller Göran kom
ihåg att Peter var fem år och därför mycket långsammare än
dem. Fredrik fick gå med Peter långt efter dem, när de kom
in i kyrkan behövde de inte kolla sig runt särskilt länge förrän
de hörde en röst som inte var anpassad efter den gängse låga
samtalstonen som brukar gälla i kyrkor.

– Här hittade jag några fina platser, hörde de sin mor ropa
samtidigt som hon stod upp mitt i kyrkan och vinkade.

– Sch, sa Fredrik.

Eva stod kvar och vinkade under tiden som sönerna gick
fram emot honom. Fredrik var alldeles röd om kinderna
men det var något Eva inte tog någon notis om. Fredrik
var tre år yngre än David och på så sätt även tre år yngre
än tjejerna som skulle konfirmeras. Att göras till åtlöje
inför äldre tjejer var kanske det värsta Fredrik kunde tänka
sig.

– Dessutom har de inte ceremonin börjat än. Jag sa ju att vi
skulle hinna, det var inga problem, sa Göran.

– Beror på vad man menar med problem, sa Fredrik tyst för
sig själv.

De hann inte säga mer, för nu började orgeln spela, vilket
till och med tystade Göran. Prästen kom sakta gåendes i
mittgången fram till predikstolen. När musiken tystnade
vände sig prästen om och tittade ut över publiken.

– Vad roligt att så många kunde komma och fira denna dag,
denna glädjens dag. Era söner och döttrar tar idag ett stort
steg, de tar både ett steg mot vuxenvärlden och ett steg in
i kyrkans gemenskap. Vi ska börja denna dag med att

tillsammans med våra konfirmander sjunga psalm 273, under tiden så kommer konfirmanderna att träda in i detta guds hus.

Prästen vände sig mot organisten som började spela. Sången ekade mellan väggarna när dörrarna till kyrkan slogs upp, en efter en började konfirmanderna sakta tåga in. Peter såg att Göran höll på att ta upp kameran. Under sitt korta liv hade Peter redan förstått vad det innebar att Göran tog upp kameran.

— Nej, sa Peter lågt, förstör inte det här för David.

— Jag förstör inget, sa Göran, klart vi ska ta kort så att David får minnen.

— Ta kort, men gör det på ett snyggt sätt så att David slipper skämmas, sa Fredrik.

Fredrik hade kanske glömt bort vad "på ett snyggt sätt" innebar för Göran. För mycket riktigt stod det snart en förälder i mittgången och tog kort. Killen som gick längst fram i processionen visste inte riktigt vad han skulle göra, han stannade upp vilket gjorde att kön bakom honom snabbt packades ihop, det här momentet hade inte ingått när de övade dagen innan. Han chansade att rätt val var att börja gå framåt igen. När konfirmanderna började närma sig Göran trodde både Fredrik och Peter att han skulle sätta sig igen, men ack vad fel unge pojkar kan ha. Deras far ställde sig på sidan av mittgången och väntade på att David skulle komma förbi.

— Kolla hit David, sa Göran och riktade kameran mot honom.

— Tyst pappa, sa David.

— Titta in i kameran nu.

David insåg att det inte gick att diskutera, han blev förevigad på ett flertal kort med sina högröda kinder.

Göran gick även ut i mittgången när processionen hade passerat för att ta några bilder bakifrån.

— Vi har samlats här idag för att fira en viktig dag i våra barns, syskon, vänners liv. De har frivilligt valt att ingå i guds gemenskap. Det här är inte en dag som firas för att man ska få presenter, det här är en dag som är mycket viktigare än så.

Prästen vände sig om mot konfirmanderna, som stod uppställda i tre rader.

— Ni kommer idag att bekänna er till den kristna tron, ni har fattat ett beslut att ingå i guds kyrka. Gud kommer från och med nu att vara er vän, som vakar över er när ni har det jobbigt, som står vid er sida när ni behöver någon. Gud, sonen och den heliga anden ingår i en treenighet, denna treenighet som ger oss både kraft och vägledning.

Prästen vände sig mot församlingen

— Vi kommer att sjunga en psalm nu, sedan kommer konfirmanderna att läsa upp varsin vers, efter det en ny psalm, varefter konfirmanderna tar emot nattvarden som symboliserar deras inträde i guds kyrka. Vi kommer sjunga psalmen "Saliga är herrens barn", nummer 382.

Peter blev förbannad, "de får inte sjunga den sången för mig", tänkte han. Peter ryckte i sin mammas ärm

— Vad håller den där gubben på med, sa Peter med upprörd röst.

— Det är ingen gubbe, det är prästen, sa Eva och kollade ursäktande på en dam bredvid oss som kollade med sträng blick mot Peter.

— Även om gubben heter präst får han inte sjunga sådär.

— Klart att de får sjunga den låten, nu får du vara tyst så jag hinner vara med och sjunga.

Peter vände mig mot sin far för att försöka få stöd i frågan men han såg så förväntansfull ut, på det sätt som han bara kunde vara när det vankades sång. Peter försökte sedan kolla runt i lokalen, men ingen annan verkade upprörd över prästens låtval. Organisten började spela och både Göran och Eva tog ton direkt, i ärlighetens namn tog de olika toner. Ingen annan tog ton, men det avskräckte varken Göran eller Eva som bara sjöng högre för att få med de andra. Troligen hade de andra i församlingen väntat sig att organisten skulle inleda sången som var brukligt, men efter hand så började fler och fler personer stämma in i psalmen. Fredrik gav intrycket av att vilja försvinna därifrån och försökte göra sig så osynlig som möjligt, han hade även flyttat sig så långt bort från sina föräldrar att han nästan satt utanför bänkraden. Peter började bli mer och mer arg för varje vers, "det här är inte rättvist". Tillslut så kunde han inte hålla sig längre. Han ställde mig upp nästa gång de sjöng "saliga", de fick inte sjunga om hans katt sådär.

— Tyst, skrek Peter.

Många vände förvåna.de blickarna mot Peter, det var dock ett fåtal personer som fortfarande sjöng på.

— Tyst på er

Nu hade alla tystnat, Eva såg med nyfikenhet på Peter, Göran tittade med en blandning av förvåning och stolthet på honom.

— Charlie är våran katt, ni får inte sjunga om vår katt.

Först var det alldeles tyst i kyrkan, men sedan förstod fler och fler kopplingen som hade gjorts i femåringens huvud mellan saliga och Charlie, det bröt ut ett skratt som spred sig över lokalen. Peter förstod inte det roliga utan blev bara ännu argare där han stod. Detta verkade trigga folk, skratten växte i styrka ännu mer. Eva reste sig upp och satte Peter bestämt ner på bänken.

- De sjunger inte om Charlie, de säger S-A-L-I-G-A, sa Eva.
- De sjunger ju om vår katt, säg till dem.
- De gör de faktiskt inte, sa Fredrik, saliga det är ett kyrkligt ord som de använder i psalmer.
  Peter skämdes och försökte gömma sig bakom sin mor. Som tur vad hade Peter redan fått intensiv träning i att skämmas i och med sina föräldrar. Musiken började strömma från orgeln igen och psalmen återupptogs.
- Guds vägar äro outgrundliga, ibland är det krig och katastrofer, ibland skänker ett litet barn oss glädje och skratt, sa prästen.
  Peter försökte återigen gömma sig bakom sin mor.
- Även om vi inte alltid förstår varför saker sker så måste vi vara tacksamma för att det är någon som vakar över oss. Guds hand sträcker sig över våra sinnen och våra hjärtan. Det är just guds beskydd som är den röda tråden i de verser som konfirmanderna ska läsa upp.
  Den första som klev fram var en tjej i långt blont hår, Fredrik sträckte på sig för att kunna se henne bättre. Hon läste med hög och säker stämma några korta rader om guds beskyddande hand. Efter henne följde en osäker kille som röd i ansiktet tyst stammade fram några ord. Peter såg att Göran hade kameran i högsta hugg.
- Gör inte bort David nu, snälla, sa Fredrik.
- Det är ingen fara, det här kommer han att vilja ha på kort senare, sa Göran.
  Fredrik försökte ge Göran en blick för att få honom att inse hur jobbigt han tyckte det var, men till ingen nytta. Efter att några till läst upp sina rader stod nu David näst på tur.
- Nu kommer han, flytta på er, sa Göran samtidigt som han trängde sig ut i mittgången.

Man såg i Davids blick att det här inte var det han önskade sig. Han stirrade på sin far vilket gjorde att stora delar av församlingen vände sig mot mittgången. Göran vinkade mot David för att visa att han var redo att ta kort. David stod stilla några sekunder före han tittade ner i lappen.

— Vilken väg vi än tar så kommer gud att vandra med oss på den vägen.

David började gå åt sidan för att släppa fram nästa person. Men Göran vinkade åt honom.

— Jag missade att ta kort, kan du ta det igen.

Tjejen som stod på tur att läsa verkade villrådig, det här hade med all sannolikhet inte ingått i repetitionerna.

— Snabba dig på så att det inte tar sån tid, det blir så pinsamt då.

David ville inte att det skulle bli någon ännu större scen och insåg att det säkraste sättet att minimera pinsamheten var att göra som Göran sa, så han ställde sig och läste versen igen.

— Vilken väg vi än tar så kommer gud att vandra med oss på den vägen.

— Bra, ropade Göran och gav David tummen upp.

David gick snabbt och ställde sig i ledet längst bak hos konfirmandgruppen. Egentligen skulle han stå i ledet längst fram, men de andra i gruppen hade förståelse för att han inte ville synas för tillfället. De hade alla skrattat åt historierna om Davids föräldrar under konfirmationslägret, men trott att de var rejält överdrivna. Nu förstod de bättre. Göran gick och satte sig igen.

— Blev nog bra bild av det där, sa Eva.

— Eller hur, förstår inte varför de andra föräldrarna inte gör på samma sätt, det blir mycket bättre bilder där, sa Göran.

— De kanske inte bryr sig lika mycket, sa Eva och tittade med kärleksfull blick mot Göran.

Samtidigt så tittade Fredrik ner i marken och slog bibeln i en jämn takt mot låren.

– Ni har nu hört våra kära konfirmander läsa upp sina verser. De har gemensamt valt ut dessa kloka ord, dessa guds ord. Gud har skapat människan till sin avbild, tänk på det nu när ni ser de här unga människorna stå framför er. Gud strömmar genom både dem och genom er. Guds svävar över oss alla. Låtom oss bedja före nattvarden. Knäpp händerna.

Peter hade kommit slutat gömma sig bakom sin mors rygg och satt nu som vanligt på bänken. "Det här kan jag", tänkte Peter och kände revanschlustan fylla kroppen. Han var inställd på att vara den som knäppte händerna bäst, att knäppa händerna hade han tränat på varje dag under sista året, han hade nog blivit bäst på hela förskolan på att knäppa händer. Prästen ställde sig med händerna ihop vänd mot församlingen. "Vad konstigt att han inte knäpper, han kanske inte kan det", tänkte Peter. Rummet var helt tyst, men så började det plötsligt höras ett frenetiskt knäppande ljud. Peter stod upp på bänken och log stort samtidigt som han knäppte fingrarna i båda händerna mot varandra "Jag verkar vara den enda som kan knäppa i händerna, vad stolt mamma och pappa ska bli nu", tänkte Peter. Prästen tittade upp, folk började vända på sig mot Peter. Återigen utbröt ett skratt som snabbt spred sig i lokalerna. Peter förstod inte vad de skrattade åt, men han fortsatte frenetiskt knäppa fingrarna. Peter tittade ner mot sina föräldrar och fick se stolta blickar, men när han tittade på Fredrik så såg han en uppgiven blick. Det gjorde honom något osäker så han drog ned på takten.

– Men varför skrattar de när jag knäpper så bra, frågade Peter Fredrik.

– För att du knäpper med fingrarna, sa Fredrik.

– Ja, det är ju det vi skulle göra.

– Nä, vi ska knäppa händerna, såhär, sa han och visade hur det var tänkt att man skulle göra.

– Jaha.

"Det där känner jag ju igen att man gör i kyrkor", tänkte Peter och började skämmas igen. Peter satte sig ned och försökte fly in bakom sin mors rygg igen. Prästen stod där framme med ett stort leende på läpparna.

– Låt oss bedja.

Göran och Eva satt bredvid Peter och bad trosbekännelsen med hög röst, även om de inte kunde texten perfekt så kan man säga till deras försvar att de dels kunde några av orden, dels inte lät sig nedslås av det faktum att deras chansningar på resten av orden inte gick så bra.

Efter bönen så började prästen tala igen.

– Nu ska konfirmanderna, och sedan ni som vill i församlingen, ta emot nattvarden. Inga foton under nattvarden, snälla respektera detta.

Prästen tittade mot bänkraden där Göran, Eva, Peter och Fredrik satt när han sa de sista orden. Göran verkade dock inte förstå att det var honom orden var riktade till.

– Första gruppen kan ställa upp sig.

Ungefär hälften av konfirmanderna ställde sig på knä i en halvcirkel på en tygbeklädd låg bänk vända mot altaret. Prästen gick fram till den första i raden.

– Tag emot Kristi kropp och Kristi blod.

Konfirmanden tog emot oblaten och vinet. Sedan gick prästen vidare, när han hade gått hela varvet så nickade han åt andra halvan av gruppen. De gick sakta fram och ställde sig på samma sätt som gruppen före. Peter tittade på sin pappa, det verkade rycka i honom, han ville verkligen ta kort.

– Det här är orättvist, nu kommer David inte få se kort på
 det här, sa Göran.
Till hela familjens förvåning, och sönernas glädje, satt Göran
bara kvar i bänken och tog kort. Prästen började samma
procedur igen. När prästen gett David oblaten och vinet så
kunde Göran inte hålla sig längre.

– Bra jobbat David, mer eller mindre skrek han.
Alla närvarande kunde se hur David sjönk ännu längre ner
med huvudet.

Bilresan hem gick inte i samma höga tempo.

– Grattis David, det här var ett stort steg på väg in i
 vuxenvärlden.

– Varför kan ni inte vara som andra föräldrar, varför kunde
 du inte hålla dig tillbaka som jag bad om. Dessutom har
 ni på något sätt lyckats göra så att Peter börjar skämma ut
 sig offentligt också.

– Du kommer tack mig en dag, du är för ung för att förstå
 hur viktigt det är med bilder från sådana här saker.

– Om jag inte skäms ihjäl före dess.

– Det påminner mig om när jag konfirmerade mig...
 Göran började en av sina långa monologer. Peter tyckte
mest att det var skönt att vara på väg hem, det hade trots
allt varit lite pinsamt i kyrkan. David orkade inte lyssna på
pappa utan satt och tittade igenom alla presenter han hade
fått. Fredrik tittade bara rakt fram på vägen med en tom
blick.

Kapitel 2

Solen sken och det var sommarlov. Peter hade just gått ut första klass, livet lekte. Han hade snöat in helt på fotbollsstraffar. Han och Kristoffer kunde stå i timmar och turas om att slå straffar på varandra. Både Eva och Göran jobbade fortfarande så det var radhuset i stan som gällde under vardagarna och sommarstugan under helgerna. En vanlig dag bestod i frukost, fotbollsstraffar, lunch, fotbollsstraffar, middag, lite fotbollsstraffar, sedan var det lite tv före sänggång. Den här dagen hade Peter och Kristoffer bestäm sig för att hitta på något annat för att få lite variation. De gick förbi förskolan, tittade in på gården. Det var några få barn som var kvar där, men de flesta avdelningarna var stängda. När de väl kom till Mariehems centrum gick de in på Konsum och köpte glass. De gick sedan och satte sig på en grässlätt utanför förskolan.

– Vad säger du om att fara och bada, frågade Peter.

– Jag vet inte, jag är inte så sugen, sa Kristoffer.

Till historien hör att Kristoffer inte hade lärt sig att simma, han körde på klassiskt panikslaget hundsim. Det var någon historia med att han hade blivit puttade i en simbassäng när han bara var fyra år och sedan dess var livrädd för vattnen. Därför blev det oftast så att han inte var sugen.

– Men då kanske vi ser en film eller något, sa Peter.

– Det skulle vi kunna göra, sa Kristoffer.

– Den var tuff filmen vi såg igår.

– Eller hur.

– Fattar inte hur de kunde klara av att ta sig in genom den där ventilationstrumman.

– Riktigt smart, vakterna hade ingen chans.

– Undrar om man skulle klara av det, tror du vi skulle fixa det.

– Vet inte, jag tror nästan det, bara man är smart så kan man fixa det mesta.

Båda satt och tänkte över hur det vore att göra ett sådant där smart inbrott som de hade gjort på filmen.

– Kanske det, vi kanske skulle testa, sa Peter.

– Vart då i så fall.

– Förskolan, om inte du har något bättre förslag.

Kristoffer var överrumplad över att Peter faktiskt hade gett ett förslag. Han satt och lät orden sjunka in.

– Haha, det är klart vi gör det, går in på förskolan, kollar personalrummet, tar lite kakor och sen sticker vi före någon haft en chans att upptäcka oss.

– Absolut, det låter som en plan.

Det fanns något väldigt förbjudet i det dom snackade om, bryta sig in på förskolan. Båda var lite tveksamma, men lyckades med gemensamma argument övertyga varandra om att det var en bra idé. Dessutom var det svårt att dra sig ur en påbörjad plan som var såhär tuff utan att själv framstå som mesig. Inget kunde misslyckas, de hade ju trots allt sett en film där en hemlig agent lyckades göra inbrott på en topphemlig militäranläggning. Hur svårt kunde det då vara för två smarta killar att göra inbrott på förskolan?

Resten av dagen gick för dem ut på att dels spela rollen "allt är som vanligt", dels på att planera kvällens händelser. Första problemet var att fixa så att Kristoffer fick sova över. Krille ringde hem två gånger, första gången svarade hans pappa, då la han på direkt. Andra gången svarade hans mamma, då frågade han om han fick sova över. Svaret blev då ja. Nästa problem var att de var tvungna att få vara ute senare än vanligt, det gick inte att göra inbrott för tidigt, det hade de båda tydligt lärt sig från alla James Bond-filmer. Detta var en svårare sak att lösa, men de kom tillslut på det. Peter och Kristoffer sa till Peters mamma Eva att deskulle ut och gå en promenad och plocka lite av det som växte på Mariehem, de sa att deras lärarinna hade sagt att det vore roligt om de efter sommaren kunde gå igenom växter som klassen hade hittat i närområdet. Eftersom Peters mamma var lärarinna i naturvetenskapliga ämnen, däribland biologi, var det den perfekta lögnen för att få vara ute sent. Eva föreslog att hon skulle följa med så att hon kunde berätta om allt de hittade.

— Men mamma, det är nog bättre om vi får gå själva så får vi lära oss att själva uppskatta naturen, sa Peter

— Det kanske du har rätt i, men jag vill i alla fall berätta om vad som växer här på Mariehem, sa Eva

Det blev en halvtimmes monolog om olika växter. Eftersom Eva var gymnasielärarinna och dessutom var upprymd la hon berättandet på samma nivå som hon skulle gjort inför en gymnasieklass var det mer eller mindre omöjligt för pojkarna att hänga med. De fick stå och snällt nicka med under hela samtalet. Efter den långa monologen fick de svaret att de fick vara ute ända till tio på kvällen. Det räckte gott och väl tänkte dom. Eftermiddagen gick, de slog några fotbollsstraffar, gick en till promenad till centrum för att kolla i lite serietidningar. Både på vägen dit och på vägen hem så gick de runt och tittade efter smartaste stället att göra inbrottet på. De kom fram till att ovansidan av förskolan var bäst, där hade de ett stort ventilationsrör som stack upp på taket. Där kunde man nog ta bort ventilationen och sedan ta sig ned till förskolan utan problem.

Peter började bli stressad, att middagen var sen var inget Peter
var förvånad över, men det började bli lite väl sent. Göran
hade ringt hem ett flertal gånger sedan klockan fem och sagt
att han snart skulle komma så de fick gärna vänta med maten.
Klockan var snart sju när Göran ringde och sa att han var på
väg ut mot bilen. Det var samma visa varje dag, Göran ringde
och sa att han skulle bli sen, familjen väntade lite till med
maten för att alla skulle äta tillsammans. Sedan ringde han
igen och igen, varje gång försäkrade han att han snart skulle
åka hem. Problemet var bara att det alltid kom något i vägen.
Men eftersom det alltid var en rimlig förklaring så tyckte
Göran inte att det var hans fel, "men jag träffade Bengt som
jag inte sett på flera år, skulle jag inte stanna och prata med
honom", "låset till cykeln strulade, inget jag kunde veta", "jag
var tvungen att ringa ett samtal på jobbet, det kunde inte
vänta". Det var många sakers om var intressant med det här
beteendet, att Göran aldrig tyckte att det var hans fel att han
varje dag år ut och år in blev sen, att han såg varje enskilt
tillfälle som oturligt, men det var också intressant att en sådan
sak som att låset på cykeln strulade kunde ursäkta en
forsening på två timmar. Eftersom Eva också var tidsoptimist
så var det upp till de tre sönerna David, Fredrik och Peter att
försöka ta ansvar för alla tider. Just den här dagen blev Peter
bara less på sin pappa för att tiden försvann sakta iväg. När
Göran äntligen kom hem slängde Peter och Kristoffer i sig
maten på bara några minuter. Peter undrade sedan om de
kunde bli ursäktade från bordet för att få göra vår promenad.
På väg ut på promenaden slank de in i snickarboden, tog med
sig tre skruvmejslar och två skiftnycklar. De började med att
gå en promenad och hämta lite växter. Men tillslut var det
dags. Förskolan var omgivet av två radhuslängor och två
gårdar med lägenheter. Det var några utspridda träd och små

gräsplättar emellan, men dagiset var omgivet av bebyggelse åt alla håll. Varken Peter eller Kristoffer såg lägenheterna som något problem, det viktiga var att de inte vara synliga från Peters radhus. Eftersom de hade kommit fram till att det var luftkonditioneringen som var den smartaste vägen så var det på den sidan de klättrade upp på. Peter som var mer van vid att klättra klättrade först, sedan hjälpte han Kristoffer upp. De smög sedan runt på taket ett bra tag för att kolla att "läget var lugnt". Det kom några på cykelbanan bakom förskolan, de kastade sig ner på taket och kollade när cyklisterna försvann.

— Det var nära, men nu verkar kusten vara klar, sa Peter.

— Absolut, du får kolla så att ingen ser oss så börjar jag skruva, sa Kristoffer, sedan byter vi när jag blir trött.

— Låter bra.

Peter satte sig och spanade på cykelvägen samt fönsterna i trevåningshuset. "Jag är en riktig spion nu", tänkte Peter och drömde sig bort. Kristoffer skruvade på tills Peter såg någon komma på cykelbanan.

— Cyklist, göm dig, sa Peter i något mellanting mellan viskning och skrik.

Kristoffer och Peter la sig raklånga på mage och spanade på cyklisten som cyklade förbi.

— Läget lugnt, nu kan jag ta över ett tag, sa Peter.

Kristoffer blev snabbt less på att hålla utkik från kanten så han satte sig istället bredvid Peter och tittade på.

— Vad tror du vi kan hitta, frågade Kristoffer.

— Har inte riktigt tänkt på det, svarade Peter.

— Visst sa du att de alltid hade gott fika i personalrummet.

— Det har de säkert, fatta vad coolt. När de kommer imorgon kommer de inte ha en aning om varför det är mindre fika. De kommer inte fatta att vi har ninjat dem.

De nickade mot varandra och såg nöjda ut. Diskussionen fortsatte länge och kretsade hela tiden kring ninjor och hemliga agenter. Skruvarna kom ut en efter en och tillslut så kunde Peter plocka bort gallret. De lutade sig framåt och såg ett stort rör som först gick rakt ner och gjorde sedan en mjuk sväng åt sidan. Röret var stort nog att krypa i, men eftersom det inte fanns någon lampa var det mörkt efter svängen. Kristoffer lutade sig sakta framåt och försökte finna mod.

– Det här kan vi nog göra, sa Kristoffer.

– Det tror jag med, sa Peter.

– Ska vi bara klättra ned och sedan ta med skruvmejseln och ta oss ut på andra sidan.

– Antar det, vet inte hur vi skulle göra annars.

De stod båda lutade över ventilationsröret och funderade över om det verkligen var möjligt att genomföra det här. Tiden gick sakta medan de båda stod och tittade ömsom på röret, ömsom på varandra. Inspirationen som hade funnits när de började inbrottet med hade övergått till skräckblandad förtjusning när de insåg att de verkligen höll på att göra inbrott. Plötsligt hörde de en röst.

– Vad gör ni där uppe, där får ni inte vara, ni kan ramla ner, sa rösten.

Både Peter och Kristoffer kastade sig ner på taket. Peter kände igen rösten, det var Patrik, en kompis till hans storebröder.

– Det är Patrik, en kompis till mina brorsor, viskade Peter.

– Var det inte Peter jag såg där uppe, sa Patrik.
Peter tittade på Kristoffer.

– Vad gör vi, ska vi erkänna, frågade Peter viskandes.

– Ska vi det, svarade Kristoffer.
De såg besviket på varandra och nickade sakta.

– Eller så fortsätter vi bara, kryper ner i röret och ninjar bort
honom, sa Peter.
Kristoffer tittade på honom med ett stort leende och bara
nickade. Peter kröp bort mot röret och tog med sig en
skruvmejsel. Tittade bak mot Kristoffer som också hade
tagit upp en skruvmejsel.

– Kommer ni inte ner nu så kommer jag upp, ropade Patrik.
Peter böjde sig fram över röret och insåg att det faktiskt
var lite brantare än vad han hade trott.

– Håll mina fötter när jag börjar klättra, sa Peter.
Det var över en meter före röret började svänga. Eftersom
det var ett blankt metallrör fanns det inte något att få stöd
emot när Peter klättrade ner, därför blev snabbt för tungt att
hålla emot för Kristoffer så han fick tillslut släppa helt. Ljudet
som uppkom när Peter ramlade sista biten var betydligt högre
än vad brukligt var i ninjafilmer.

– Det är ingen fara, försökte Peter viska, men eftersom han
var i ett metallrör så hördes viskningen betydligt högre än
vad han hade tänkt.

– Vad gör ni, nu kommer jag upp, ropade Patrik något
skärrat.

– Jag kommer ner nu, ta emot mig, sa Kristoffer.

– Okey, jag säger till när jag är redo.
Peter började vända sig men insåg att det skulle bli svårt i
det trånga utrymmet.

– Jag kunde inte vänta mig, men nu ligger jag i botten på
röret så det är bara att du hoppar ner så landar du på mig,
sa Peter.
Kristoffer mer eller mindre kastade sig ner i röret med
skruvmejsel i ena handen och en skiftnyckel i andra handen.
Denna gång blev ljudet ännu högre. När Kristoffer landade
så kom han först med händerna och verktygen, skiftnyckeln

slog i Peters rygg och rev samtidigt upp ett hål i tröjan. Som tur var så hade Kristoffer tappat skruvmejseln så den andra handen gjorde inte lika mycket skada. Peter bet ihop tänderna och gjorde sitt bästa för att tysta sitt eget smärtskrik.

– Kryp framåt, sa Kristoffer.

Peter hasade sakta framåt, men det gick sakta då han hade en skruvmejsel i ena handen, Kristoffer halvt på ryggen och dessutom var det så mörkt att han inte såg vad han gjorde.

Synen som mötte Patrik när han hade klättrat upp på taket var inte den han hade väntat sig. På taket låg det en skiftnyckel och en skruvmejsel bredvid gallret till ventilationsröret. Det lät dessutom som att någon höll på att röra sig i ventilationsröret. Han gick fram och kikade ner i röret.

– Vad håller ni på med, sa Patrik upprört, fattar ni inte att det är farligt.

Peter och Kristoffer låg stilla och försökte andas så tyst de bara kunde. "Vi är ninjor, han kommer aldrig att upptäcka oss", tänkte Peter.

– Men svara då, sa Patrik.

"Vi är hemliga agenter och han är chanslös", tänkte Peter.

– Jag kan se fötterna som sticker ut, så det är lika bra att ni svarar, sa Patrik.

Kristoffer försökte dra fötterna framåt men det var för trängt.

– Skärp dig, jag har ju sett fötterna, nu kommer ni upp därifrån, sa Patrik.

– Vi kanske ska gå upp, viskade Peter.

– Vi ska nog det, svarade Kristoffer.

Det var tyst några sekunder före Peter sa

– Vi kommer upp.

Men det var lättare sagt än gjort, Peter kunde inte ta sig tillbaka förrän Kristoffer hade tagit sig tillbaka. Problemet var

att Krille inte klarade av att vända sig i det trånga utrymmet.
Han försökte därför backa, men att backa uppåt var för svårt
för honom. De var helt enkelt fast i det där röret.

– Hur går det, frågade Patrik.

– Inte så bra, det är lite svårt att vända sig, svarade Peter.

– Jag vill ut, jag börjar bli rädd, sa Kristoffer.

– Jag fixar det, sa Patrik.

Peter visste inte riktigt hur han skulle fixa det hela, men Krille
lät så pass rädd att han var tvungen att lugna honom. Det
kunde bli väldigt jobbigt om Kristoffer fick panik när de låg
där inne i ventilationsröret.

– Visst är du Peter, lillebror till Fredrik och David, frågade
Patrik.

– Det är jag.

– Bra, då går jag och hämtar David och Fredrik, vi kan nog
tillsammans hjälpas åt att få upp er.

– Gör inte det, jag vill inte att de ska få reda på det här.

– Hur hade du tänkt vi skulle göra det då?

En lång tystnad följde.

– Ville du inte att de skulle få reda på det här skulle du nog
ha tänkt igenom hur ni skulle ta er ut lite mer noggrant,
sa Patrik.

Patrik gick iväg men sa att han snart skulle vara tillbaka.
Krille hade börjat andas snabbare och var orolig.

– Jag är rädd, sa Krille.

– Det löser sig, de kommer och hjälper oss snart.

Kristoffer började hulka och gråta. Peter försökte först
vända sig om för att kunna hålla om Krille, men insåg
snart att det var lönlöst.

– Såja, det är ingen fara, sa Peter.

Men Krille slutade inte gråta. Det enda som Peter kunde komma på för att lugna Kristoffer var att sjunga barnsånger. Problemet var att han bara kunde några få låtar, sedan så kunde han bara några få utvalda delar av dessa låtar. Det tog ungefär två minuter att sjunga igenom hela Peters repertoar, trots att han hade lagt till påhittade ord lite här och där för att få ihop texterna någorlunda. Även om Krille inte slutade gråta så trodde Peter att sången hade viss effekt, dessutom så var han upptagen med något annat så att han själv slapp bli rädd.

Tillslut kom då Patrik, David och Fredrik tillbaka. När de klättrade upp på taket möttes de nu utöver verktygen och ventilationsgallret även av barnsånger samt gråt.

– Vad håller ni på med, sa David argt ner i ventilationsröret.

– Vi skulle göra inbrott på förskolan, sa Peter.

– Idioter, sa Fredrik.

Sedan var det tyst ett tag.

– Måste ni säga till mamma och pappa, frågade Peter.

– Vi får se, svarade David.

Att bröderna inte sa till sin mamma och pappa när de kom på varandra med att göra förbjudna saker var en oskriven regel. Men det var också en oskriven regel att eftersom Peter var mycket mindre så var David och Fredrik tvungna att trots det säga till föräldrarna om han gjorde för dumma eller farliga saker.

– Är det Krille som ligger närmast hålet, frågade Fredrik.

– Ja det är det, vi ligger fastklämda och jag ligger framför honom, svarade Peter.

– Bra, då kommer jag att ta tag i hans fötter och dra upp honom, sa Fredrik, Patrik och David håller i mig så att vi inte tappar er.

Fredrik började sakta åla sig ner i ventilationsröret. Han fick tag i Krilles vrister och ropade.

– Nu kan ni börja dra.

David och Patrik drog sakta upp Fredrik som i sin tur drog upp Kristoffer. När Krille kom upp så la han sig på taket och fortsatte gråta.

– Tack, sa Krille mellan hulkningarna.

– Det är ingen fara, du är ute nu, sa David.

Peter kröp baklänges tills det tog stopp. Det var samma plan även den här gången.

– Är du beredd, frågade Fredrik.

– Ja.

– Då kör vi.

Andra gången gick det ännu lättare. Det enda som egentligen inte fungerade var att Peter inte lyckades få med sig skruvmejseln som Krille hade tappat. När Peter väl var uppe så skällde både David och Fredrik ut honom efter noter. Han förstod inte alla ord som de använde, men poängen var tydlig, han var en idiot som hade gjort en idiotisk sak och bara hade tur att han inte hade skadat sig. När bröderna hade skällt klart så satte de sig och skruvade fast ventilationsröret. Sedan så gick alla tre bröderna och Krille hem till radhuset. Storebröderna hade kommit fram till att man inte behövde oroa föräldrarna i onödan, framförallt då deras utskällning nog gjorde att Peter inte skulle våga sig på att göra samma sak igen.

– Men gör du något liknande någon gång kommer vi att säga allt om det här till mamma, sa David.

– Jag förstår, svarade Peter.

Det var en konstig stämning när bröderna och Krille kvällsfikade tillsammans med Eva. Som tur var så var hon helt försjunken i sin naturbok och var knappt medveten om att

det var några andra vid matbordet. Efter fika så satte sig Peter
och Krille och såg lite TV före de gick till sängs.

– Vi kommer bli duktiga hemliga agenter, om vi inte hade
haft oturen att Patrik upptäckte oss hade vi varit inne på
förskolan nu, sa Kristoffer.

– Eller hur, vi tog oss ju in i ventilationsröret hur lätt som
helst, sa Peter.

– Om några år, då är det ingen som har en chans mot oss.

– Då kommer vi ninja allihop.

Kapitel 3

Peter hade en moster som hette Lena. Han hade åkt och hälsat på henne en gång per år med sin mamma, men nu hade de bestämt att han hade blivit så pass gammal att han skulle kunna flyga ner själv och sedan bli hämtad av Lena på flygplatsen. Den stora nyheten för året var, förutom att han fick åka själv, att han skulle få välja vad de skulle göra för något under helgen som han bodde hos henne. De skulle vara en dag i Uppsala där hon bodde och en dag i Stockholm. Lena och Eva hade förväntat sig att sexåriga Peter skulle välja något i stil med Gröna Lund eller att gå runt i leksaksbutiker. Men så var inte fallet, Peter hade valt att i Stockholm skulle titta på regalskeppet Vasa samt besöka livrustkammaren, andra dagen skulle det vara att åka runt på gamla kungliga gravplatser runtomkring Uppsala. Peter största intresse var för tillfället svenska kungar, han kunde sitta i timmar och fantisera om hur Sveriges modiga krigarkungar och tappra karoliner hade gjort Sverige till den stormakten landet en gång hade varit. Det var en timme kvar till flyget och Peter satt med färdig packning bredvid sig i hallen och läste på om svenska kungar. David hade sagt åt Göran att flyget gick klockan tio så det var snart dags att fara. Egentligen gick planet först halv elva, men efter att ha levt många år med Göran hade de flesta i hans omgivning lärt sig att man var tvungen att ljuga ungefär en halvtimme för att ha en chans att kompensera för hans bristande tidsuppfattning. De kallade det Göran-tid och vanlig tid när de pratade med varandra. Tyvärr hade inte sexåriga Peter förstått att det verkligen var viktigt att ljuga för sin far om tider. Till Peters försvar hade inte Göran heller förstått systemet med "Göran-tid", detta trots att hela hans omgivning hade sagt felaktiga tider dagligen under flera års

tid. Troligen hade han inte förstått det för att han kom oftast
sent både till Göran-tiden och den egentliga tiden. Så Peter
råkade visa Göran biljetten där det tydligt stod avgångstiden.
Göran blev överväldigad som han alltid blev när det visade
sig att något var senare än han trodde. Han hade fått en
extratid, en tid som han upplevde som mer värd än all annan
tid. Han sken upp och sa.

— Men vad härligt, du har kollat fel på biljetten igen David,
precis som förra gången.

— Måste nog gjort det.

— Du är slarvig, men det växer nog bort, när jag var lika liten
som dig var jag jämt sen till saker och kunde knappt hålla
koll på mina skolsaker.

— Jaså det kunde du inte förut, när växte det bort, sa David
uppenbart ironiskt.

— Det var länge sedan, man måste börja ta ansvar när man
blir vuxen. På tal om att vara vuxen så kan jag passa på att
måla staket på framsidan, har inte haft tid sista tiden men
nu behöver det verkligen göras.

— Just nu, frågade Peter.

— Just nu, ser du inte hur fint vädret är, man vet aldrig när
det blir regnfritt igen.

— Det går inte att vänta med, frågade Peter.

— Tyvärr, men det är ingen fara, det hinner jag lätt, vi har
gott om tid, se bara till att du har packat klart så vi inte
måste vänta på dig som vi gjorde när vi skulle till stugan
sist.

Göran gick exalterade och hämtade i tur och ordning sina
snickarbyxor i förrådet, målarfärgen i snickarboden,
penslarna i källaren, vattenkaraff och vattenglas i köket,
radion från vardagsrummet, en banan från köket. Visslandes

så ställde han sig och såg nöjt på staketet. Han kunde se framför sig det goda resultatet och kände sig nästan tagen av hur duktig han skulle vara som använde den extratiden han hade fått till att måla staketet istället för att göra något onyttigt. När han stod där och var sådär härligt nöjd med sig själv så gick grannen från några hus bort förbi.

– Men hallå, här ska det målas förstår du, sa Göran.

– Okey.

– Visst är det härligt när man gör nyttiga saker.

– Absolut, ursäkta men jag måste faktiskt vidare.

– Ingen fara, jag förstår.

Grannen började gå vidare när Göran plötsligt sa igen

– Jag tänkte köra med brun målarfärg i år, tycker det passar bra in.

Eftersom alla i hela radhuslängan hade bruna staket var grannen inte speciellt förvånad. Det var dessutom taget ett samfällighetsbeslut på att dörrar och staket skulle vara brunmålade. Den var bara en dörr som hade en annan färg, förra året hade Göran hittat billig blå färg så deras dörr var blå helt i strid med gällande reglemente.

– Blir nog bra.

– Jag tror det, skönt att vara nyttig som sagt.

Grannen gick sin väg med snabba steg, kvar stod Göran som var tvungen att börja att återigen stå och tänka på hur fint han skulle måla. Efter några minuter till så började han faktiskt måla. Både Peter och David var förvånade över hur snabbt Göran faktiskt målade. För det räckte inte med att Göran var en obotlig tidsoptimist, han hade dessutom egenskapen att var långsam i nästan allt han gjorde, verkligen verkligen långsam. Peter försökte några gånger fråga om han kunde hjälpa till med något, men Göran förklarade att han ville göra allting själv så att ”ni barn kan njuta av den fina dagen”. Vad

Göran inte noterade var att Peter stod och skakade lätt på högerbenet som han gjorde när han var riktigt stressad. Det var trots allt ungefär en kvart med bil till flygplatsen och klockan hade just passerat tio.

– Visst vet du att det är mindre än en halvtimme kvar tills flyget går, frågade Peter.

– Absolut, det hinner vi lätt, men försök att inte störa mig så mycket så går det snabbare.

Peter gick och satte sig på gräsmattan med boken ”Svenska krigarkonungar” och försökte njuta av dagen. Det var tyvärr inte så lätt då hans högerben skakade och han hade svårt att minnas vad han hade läst på raden före. När klockan var tio över så försökte Peter igen.

– Nu är klockan tio över, det innebär att det bara är tjugo minuter tills avgångstid.

– Absolut, men det tar bara tio minuter så det hinner vi lätt, men det vore bra om du inte störde mig, jag tappar fokus och då tar det flera minuter extra.

Peter var tveksam till att det verkligen tog flera minuter extra för att han pratade med honom några sekunder, men valde att vara tyst tills klockan blev kvart över.

– Nu är klockan kvart över, planet går om en kvart.

– Det är ingen fara, det hinner vi. Även om det blir lite tajt nu när du ville prata så mycket med mig under målningen. Jag har bara två bräder kvar så det är ingen fara.

Peter tog sin svarta ryggsäck och gick och satte sig i bilen. Hans högerben skakade ännu mer vilket gjorde att han fick hålla tag i det med båda händerna så han kunde sätta sig på sin plats. ”Bilen var i alla fall inne på lagning nyss så den borde hålla”, tänkte Peter i ett försök att se det positiva med situationen. Göran blev äntligen klar med målningen, han tog några bakåt och tittade nöjt på sitt verk, ”Nu är familjen stolta över mig", tänkte han. Att andra personer var stolta över honom var en ganska vanlig tanke i hans värld, hans förmåga att bara se det positiva hos sig själv och glömma bort alla fel och brister ledde till att han i sina egna ögon var en mer eller mindre perfekt i både rollen som familjefader samt som läkare. Göran torkade av färgen först på gräset sedan i lite vatten och avslutade med att torka i lite lacknafta. Peter såg samma granne komma gåendes igen och befarade det värsta. Men turligt nog så gick Göran in med målarfärgen i snickarboden samtidigt som grannen gick förbi det nymålade staketet. Peter försökte tänka på annat under tiden som Göran var i snickarboden. Han hoppades att Göran skulle ha nog vett att snabbt byta tillbaka till vanliga kläder och sedan skyndsamt komma till bilen. Men så blev det inte, Göran kom förvisso ut ombytt men han tyckte att det var viktigt att få tvätta händerna, han hade alltid tvättat händerna efter att han målat klart så därför skulle han alltså alltid tvätta händerna efter målning. Någon tråkig tidtabell med avgångstider för flygplan skulle inte få ändra på en sådan sak. När Göran väl satt i bilen så var det inte många minuter att spela på. Även om Peter hatade att åka bil med sin far och i regel försökte få honom att hålla hastighetsbegränsningarna så valde han att sitta tyst när Göran bröt mot både den ena och andra trafikregeln. Göran körde om en taxibil i sista kurvan före flygplatsen samtidigt som de fick möte. Den andra bilen tvärnitade, Göran gasade på lite extra och gled in just framför taxibilen. Väl inne på flygplatsen så ställde sig Göran på en vitmarkerad ruta där det stod Taxi med stora bokstäver.

– Jag tror inte att det är tänkt att man ska så här, det står taxi på marken ser du, sa Peter.

– Ingen fara, vi ska bara in en snabbis, dessutom börjar det bli lite ont om tid, svarade Göran.

Göran tog ryggsäcken ur bagageutrymmet och gick visslandes i avgångshallen tillsammans med Peter. Peter märkte både blickarna och hörde svordomarna de fick från taxichauffören som stod på platsen framför deras bil. Väl inne på flygplatsen så gick de med raka steg mot utgången till flyget, det här var långt före tiden med säkerhetskontroller på flygplatserna. De gick fram till disken.

– Hej, hej. Det här är min son och han ska till Arlanda, han har inte flugit själv förut så vore bra om han fick lite hjälp, sa Göran.

– Planet ska just lyfta, han hinner tyvärr inte checka in, sa kvinnan i kassan och försökte ge ett medlidsamt leende, jag är ledsen.

– Ingen fara, det kan vi lösa, sa Göran, spring nu Peter så att du hinner.

Kvinnan i kassan var inte alls beredd på det svaret så hon lät helt enkelt Peter springa förbi

– Men han måste checka in, sa kvinnan fortfarande lite osäker på.

– Det kan jag fixa, sa Göran glatt, hej då Peter.

Peter sprang allt vad han kunde ut mot planet, dörrarna stod öppna men tyvärr verkade det som att de snart skulle börja flytta trapporna som man använde för att ta sig upp till dörrarna. Av de många konstiga sakerna som Peter hade lärt sig genom att umgås med sina föräldrar var att om man helt enkelt struntade i reglerna så blev ofta inblandade personer så ställda att man kunde lyckas med nästan vad som helst. Vis av den lärdomen började Peter springa mot trappbilen som snart skulle flyttas.

– Vi håller på att flytta trappan, du får inte springa dit, sa en man som stod framför Peter med en gul väst.

– Okey, tack för att du sa det, svarade Peter samtidigt som
han sprang ännu fortare mot trappan.
Mannen som satt i den billiknande delen i botten på den
mobila trappan tittade bak och såg att det var en liten pojke
som sprang snabbt mot honom.

– Du får inte gå upp på trappan, jag ska flytta den så att
planets ska få åka iväg.

– Okey, svarade Peter samtidigt som han började springa
uppför trappan.
Mannen förstod att han inte kunde köra iväg när det var en
liten pojke som sprang i trappan. Flygvärdinnan som stod och
just skulle stänga dörren till flygplanet såg till sin förvåning att
en liten pojke kom uppspringandens för trappan.

– Du får inte vara här, vi ska lyfta och jag måste tyvärr be
dig att sakta gå ner för trappan, sa hon.

– Absolut, men det är ingen fara min pappa checkade nyss
in mig sa Peter samtidigt som han smet förbi
flygvärdinnan.
Peter såg på biljetten och snabbade sig sedan till sin plats som
var på första raden. Han trängde sig förbi ett par i
medelåldern och spände sedan snabbt på sig säkerhetsbältet.
Flygvärdinnan var inte helt på det klara med vad som just
hade hänt. Hon öppnade kabindörren in till kaptenen och
förklarade kort vad som gällde.

– Ser han på något sätt ut som en fara, frågade kaptenen.

– Det skulle jag inte säga, han ser ut som en åttaårig grabb.
Kaptenen tänkte några sekunder. Han hade tre gånger i sin
karriär varit med om att kasta av folk av sina plan, det hade
alla tre gångerna tagit rejält med tid och han hade varit
tvungen att skriva en utförlig rapport om händelserna. Om
det hade varit en våldsam eller kraftigt berusad passagerare

hade det inte varit någon fråga, men en åttaårig pojke kändes inte som någon direkt säkerhetsrisk.

– Låt han sitta kvar, sa kaptenen.

Flygvärdinnan kom och förklarade för Peter att han fick åka med men att han var så pass liten att han skulle få en skylt kring halsen. På skylten stod det först Mr. och sedan hans namn med stora bokstäver. Flygvärdinnan förklarade att det var för att personalen skulle se att han åkte själv och kanske behövde hjälp med vissa saker.

Flygresan gick sedan relativt smärtfritt. Peter kom in i en lång tunnel som ledde från flygplanet in till Arlanda. Det var gråvita väggar med små reklamskyltar samt stora fönster ut mot flygplanen. Peter ställde sig på tå och såg ut över alla flygplanen, det var stora och små i olika former. De flesta var vita med ett litet märke på stjärtfenan för att visa vilket bolag det tillhörde. Han förstod inte hur de kunde flyga då de var så stora och tunga, Peter hade frågat sin far om hur de kunde flyga men Göran hade inte haft en aning vilket han glatt förklarat. När Peter frågade sin mor så hade han fått en väldigt lång och invecklad förklaring där han knappat förstod första meningen men ändå var tvungen att sitta kvar och lyssna i flera minuter före hon tappade bort sig själv i resonemanget.

När alla andra passagerare passerat kom samma flygvärdinna som hade satt på Peter skylten tillbaka.

– Visst är det någon som väntar på dig?

– Min moster ska möta mig.

– Men då måste du komma med, hon får inte komma in här, vi måste gå ut till vänthallen. Följ med mig, sa hon och tog Peter i handen.

Peter tyckte han var alldeles för gammal dels för att bära den fjantiga skylten runt halsen, dels för att bli hållen i handen av en flygvärdinna. Men han insåg samtidigt att han inte visste hur han skulle hitta moster Lena om han inte fick hjälp av den snälla flygvärdinnan. När de svängde ut från korridoren kom de ut i ett stort ljust rum. Peter var lika förvånad som förra gången han kom in i vänthallen, det var det största rum han någonsin varit i. Dessutom hängde det ett stort leksaksflygplan i taket.

– Vad stort det är, sa Peter och stannade till.

– Det är det, visst är det fint, sa flygvärdinnan och försökte
    få Peter att gå vidare.

Peter stod kvar och tittade sig omkring, förutom att det var högt i tak fanns det dessutom tre restauranger och två butiker där de sålde mat och andra småsaker. När han fortsatte titta sig omkring såg han sin moster Lena som stod vid en informationsdisk långt bort och såg orolig ut. Lena hade trott att Peter skulle komma ut först vilket tydligen var brukligt med barn som åkte själva.

– Hej Lena, skrek Peter över hela flygplatsen.

Han började springa mot henne samtidigt som många vände sig om mot den unga pojken som skrek så högt. Hon vände sig om och såg både glad och lättad ut. Hon vinkade glatt tillbaka.

– Roligt att se dig, ropade Peter när han fortfarande var ett
    tjugotal meter ifrån Lena.

Lena log och nickade till svars men hon ropade inte tillbaka vilket Peter fann förvånande. Han sprang till henne och fick en bamsekram.

– Hej Peter, vad roligt att se dig,

– Är det verkligen det, sa Peter tyst.

– Ja det är det, har längtat efter dig, sa Lena förvånat.

– Men varför svarade du inte direkt när jag hälsade på dig.

- Du skrek över hela salen flygplatsen och jag ville inte skrika tillbaka.

- Varför då.

- För att det är otrevligt att skrika när det är så mycket annat folk som man kan störa.

- Men pappa och mamma brukar alltid göra så.

- Jag vet Peter, jag vet, sa Lena och skrattade.

Hon tog upp honom i famnen och kramade honom länge.

- Vad roligt att du är här, vi ska nog få en fantastisk helg ska du se.

Lena var ett enda stort leende hela vägen till bussen de skulle ta in till Uppsala. Hon var enkel att umgås med, hon hade inga egna barn och skämde bort Peter varje gång de sågs. På bussen frågade hon allt möjligt om hans liv, han svarade ärligt utan att någon gång ställa någon fråga tillbaka. Peter var uppväxt med filosofin att man inte ställde frågor, den som ville berätta något fick helt enkelt göra det.

Uppsala hade helt andra bussar än vad Peter var van vid, han var van vid att alla sätena var lågt nere men här var vissa av sätena så högt uppe att man såg ner på taken på bilarna man passerade. Peter förstod inte riktigt varför man skulle sitta så högt men tyckte att det kändes som att han satt på en tron.

- Tror du att jag skulle blivit en bra kung, frågade Peter.

- Kanske det, vad tror du själv.

- Hoppas det, visst ser det ut som att jag sitter på en kungatron nu.

- Hur tänkte du då.

- Men jag sitter ju så högt upp.

- Ja när du säger det så är vi faktiskt ganska högt upp, vi kan låtsas att du sitter på din kungatron.

Resan fortsatte på samma sätt. Lena frågade och Peter berättade om alltifrån fotbollsträningar till vilken fantastisk kung Peter skulle varit. Mitt i en mening blev Peter tyst, han började titta ut genom rutan och rörde sakta på läpparna som om han pratade tyst med sig själv.

– Vad är det för fel, frågade Lena.

– Jag kom på en sak. Om jag skulle vara kung hade mamma och pappa varit tvungna att vara kung och drottning före mig.

– Det stämmer, det är inget man röstas fram till, man ärver det.

– Men det skulle ju inte gått så bra tänker jag.

– Hur tänker du nu.

– Jag tänker att det skulle ju inte gått speciellt bra om mamma och pappa skulle styrt Sverige, de har ju svårt bara att sköta vårt radhus.

Lena brast ut i ett stort skratt.

– Det har du helt rätt i Peter, vad klok du är.

Peter förstod inte helt vad han hade sagt som var så roligt, men han insåg att han hur som helst hade lyckats få Lena att skratta. Vad det än var han hade sagt så var det bra sagt tänkte han.

De bytte till en stadsbuss som de åkte på i några minuter. Lenas lägenhet var alltid så härlig att kliva in i. Hon var mostern som istället för att skaffa barn hade rest runt hela världen och arbetat som volontär i länder Peter aldrig hade hört talas om. Det var färgglada planscher och roliga prydnader från jordens alla hörn. Dessutom så hade Lena en härlig förmåga att skämma bort Peter med hans olika favoritmaträtter. Peter kände på sig att det skulle bli en rolig helg när Lena gav honom en sockerdricka som han fick dricka framför Tv:n samtidigt som hon gick ut i köket och fixade klart maten. Efter några minuter hörde Peter från köket

– Nu är maten klar, gå och tvätta händerna så kan vi äta sen. Peter snabbade sig till badrummet och skvätte lite vatten på händerna. När han kom in i köket såg han till sin stora glädje fyra hamburgare och en hög med pommes frites ligga på ett uppläggningsfat. Han visste att han inte skulle ha en möjlighet att äta upp allt som hon hade lagat, men han skulle, som vanligt hos Lena, äta tills han blev lätt illamående. Samtalet flöt på bra på ungefär samma sätt som tidigare, Lena frågade och Peter svarade. Allt eftersom hamburgarna gick ner så blev dock svaren kortare och kortare. Tillslut var Peter så pass mätt att han till sin egen förvåning frågade Lena en fråga.

– Men hur mår du då Lena?

– Jag är glad, det är alltid lika roligt när du kommer och hälsar på.

– Det är kul att vara här.

Peter tänkte ställa någon mer fråga men han visste inte riktigt vad han skulle säga. Hon spelade ju inte fotboll, hon gick inte i skolan och hon hade inga barn. Det uteslöt alla de frågor som han i vanliga fall skulle fortsatt med efter ”hur mår du”.

När Lena hade dukat av middagen fick Peter gå och sätta sig framför Tv:n, han hade fått önska hyrfilm när de pratats vid tidigare i veckan. Han hade sagt att han ville se den nyaste disneyfilmen utan att riktigt veta vilken film det var. När Peter hade lyckats förstå hur videon fungerade och fått igång filmen så kom Lena in med en stor skål chips. Även om hon inte hade egna barn visste hon vägen till en åttaårings hjärta. Under filmen så la sig Peter i Lenas knä och hon började klappa honom på huvudet. Peter tyckte om att Lena verkligen var med honom när han var hos henne, när han var med sin mamma och pappa så brukade de aldrig kunna sitta kvar en hel film. Peters far brukade dels komma sent, dels komma på något han absolut var tvungen att göra mitt i filmen. Hans mor brukade ha med sig en bok som hon i början av filmen smygläste i, sedan övergick det i regel till att hon gick på toaletten under andra halvan av filmen med boken under armen. Just att bli ompysslad och vara i fokus var nog det Peter tyckte bäst om när han var med Lena. Under filmens gång hann Peter och Lena förutom chipsen med att äta både glass med chokladsås samt lite plockgodis. När filmen var slut så var Peter helt slut, han skulle inte kunnat äta något mer även om någon tvingade honom.

– Klockan börjar bli mycket, det är nog dags att gå och sova nu så vi orkar med morgondagen, eller hur Peter?

– Det låter klokt, sa Peter lojt.

– Då måste vi göra om bäddsoffan så du kan sova i den, går du och borstar tänderna så fixar jag det här.

– Det låter bra.

Han borstade tänderna länge och noga. Under tiden han borstade så kollade han sig omkring. Det låg några vikta badhanddukar på en hylla, det stod en svart träfigur föreställande något djur bredvid handdukarna, vid bortre kortsidan stod det ett stort gammalt vitt badkar. Hela badrummet andades färg, både planscher, handdukar och hygienartiklar var färgglada. Det syntes att Lena hade tänkt till när hon valde sina saker, Peter visste inte om det var bra eller dåligt, det enda han visste var att det hemma hos honom inte var en genomtänkt inredning.

Lena hade bäddat och Peter kunde bara lägga sig ner för att sova. I vanliga fall så skulle han ha somnat direkt han la huvudet på kudden. Men dagen hade varit händelserik och nu var han dessutom rejält övermätt. "Om jag bara blundar så somnar jag snart", tänkte Peter. Men minuterna

gick och han kunde inte somna. Dessutom hade soffan tre
små skarvar som låg och skavde mot ryggen och benen. Det
spelade ingen roll hur Peter vred sig, varje gång han lyckades
vrida bort skarven från ett ställe som varit irriterat så la sig
nästa skarv på ett ännu jobbigare ställe. Efter att ha legat och
vridit sig länge nog så gav han tillslut upp och la sig bara helt
still. När han väl slutade tänka på skarvarna så var bäddsoffan
faktiskt ganska skön att ligga i. Den var ganska stor och han
hade dessutom en mjuk stor kudde. Peter började sakta glida
in i drömmarnas värld då han plötsligt hörde ett högt ljud.
Han satte sig upp och såg sig omkring, han hade inte riktigt
uppfattat vart ljudet kommit ifrån men det hade varit ett
obehagligt ljud. Han såg sig omkring länge. Han beslutade sig
för att det nog inte var något farligt och skulle just lägga sig
ner igen då ljudet kom igen. Den här gången hörde han tydligt
att det kom inifrån Lenas rum. Efter några sekunder så kom
det igen. Han tyckte att ljudet kändes bekant men kunde inte
sätta fingrarna på vad det egentligen var för ljud. Han tog
täcket över axlarna och gick in i Lenas rum sovrum för att
undersöka saken vidare. Ljudet kom nu i regelbundna
intervall med några sekunders mellanrum. Peter insåg att
ljuden kom ifrån Lena. ”Har hon skadat sig, mår hon illa,
försöker hon ropa på hjälp men orkar inte”, tänkte Peter. Han
gick fram och tittade på henne. Hon sov och verkade helt
opåverkad. Plötsligt såg det ut som att hon tappade andan och
tog ett djupt andetag vilket lät förskräckligt. Det visade sig att
hon varken höll på att dö eller ropade på hjälp, hon snarkade
bara. Peter gick lugnad och la sig igen. Men snarkningarna
blev bara högre och högre för var minut som gick. Han
försökte lägga två soffkuddar på sidorna av huvudet men det
hjälpte inte. Nästa försök var att tugga toalettpapper och
stoppa i öronen, det hjälpte men var inte nog. ”Jag måste helt

enkelt tänka bort ljuden och bara somna", tänkte Peter.
Tanken var nog god men Lena snarkade så högt att det inte
gick. Peter försökte men det gick inte att koppla bort dem.
Snarkningarna kom oregelbundet, ljudnivån varierade
oerhört, dessutom lät varje snarkning på sitt eget sätt. Om det
bara hade varit regelbundna lika ljud så kunde det gått att
koppla bort, men nu gick det inte och till slut så började Peter
gråta tyst för sig själv. Efter några minuters gråtande gick
Peter till telefonen som var i Lenas sovrum och slog numret
hem. Efter flera signaler så lyfte någon luren

— Hallå, sa Eva.

— Hej det är jag, sa Peter.

— hur är det, har det hänt något?

— Jag kan inte sova.

— Ojdå, har det hängt något.

— Jag kan verkligen inte sova bara för det är så mycket ljud.

— Vad jobbigt, men kan du inte prata med Lena.

— Det är på grund av henne jag inte kan sova, hon snarkar
    så högt att jag blir rädd och inte kan sova.
Det blev helt tyst i telefonen, sedan började Eva skratta.

— Men det är jättejobbigt sa Peter lite högre.
Eva fortsatte skratta vilket gjorde att Peter sa samma sak igen,
fast nu lite högre. Då vaknade Lena.

— Men Peter, är du uppe?

— Jag kan inte sova.

— Men varför sitter du här inne?

— Jag ringde mamma.

— Men varför gjorde du det.

— Du snarkade så högt att jag inte kunde sova.
Lena var tyst några sekunder och såg häpen ut, sedan började
även hon skratta. Peter försökte förklara för både Lena och

sin mor att det här var inget att skratta åt, det var jättejobbigt. Men ju mer han förklarade hur jobbigt det var desto mer skrattade de.

Kapitel 4

Peters gäng ägde hela lågstadiekorridoren, ingen i varken deras klass eller parallellklassen vågade säga emot dem. De gick in i andra elever med axlarna när de gick ut från klassrummet, de kastade snöboll på alla som de kom åt, de trängde sig i matkön. Man kunde säga att de var de ohotade ledarna i klassen. Men så en dag började ett rykte att gå.

– Det är någon ny kille som ska komma till parallellklassen, tydligen en riktig slagskämpe.

– Vad spelar det för roll, honom ska vi sätta dit, sa Krille.

Gänget, det vill säga Peter, Krille, Mats och Per, var nöjda med situationen som den var. Alla fyra tyckte att det var skönt att vara en av de coola i klassen, de slapp bli retad och fick en skönare skolgång än om de hade varit längre ner på den sociala hackordningen. Om det verkligen kom en slagskämpe till parallellklassen var det jobbigt av många anledningar. Det kunde dels hota deras ledarroller vilket kunde leda till ett skifte i maktbalansen som skulle missgynna dem. Men den stora saken var att när det kom till kritan var det ingen i gänget som verkligen kunde slåss. Peter var förvisso känd för att både kunna ta och ge stryk, men inte på det sättet att det gav allvarliga konsekvenser. När det hade varit bråk tidigare hade det på sin höjd varit några vevande slag mot bröstkorgen och sedan något lätt slag i magen, det hade aldrig varit slag mot ansiktet. Blev det blodvite brukade i regel båda som deltog i slagsmålet gråta och den som hade orsakat blodviten bad om ursäkt. Om den här nya killen kom och det visade sig att han var van vid att slåss på ett mer allvarligt sätt var maktbalansen hotad.

– Vad tror ni, vad är det för kille som kommer, frågade Peter.

- Svårt att säga, hoppas det är en fotbollsmålvakt i alla fall, det behöver vi, sa Krille.

- Eller någon med massa Tv-spel, sa Mats.

- Det vore kung, sa Per.

- Visst vore det, vi får se till att börja hänga med honom i så fall, ta med honom i gänget.

De skrattade lite lätt. Över samtalet låg molnet som innehöll möjligheten att den nya killen var en slagskämpe, men det molnet fick hänga kvar för ingen ville vara feg och säga något om rädslan för att åka på stryk.

Nästa vecka stod så den nya killen i korridoren. Det var inte svårt att se honom, han stack upp åtminstone ett huvud över alla andra i parallellklassen. När Peter gick förbi honom så höll han på att ramla omkull, killen hade en mustasch! Ingen i Peters klass hade börjat få hår på pungen, men där stod killen lång som ett hus och med en stor mustasch på överläppen. Peter försökte kämpa emot men var tvungen att vända sig om och kolla på den nya killen igen. Det räckte inte med att han var lång, han var stor dessutom. Han såg både ut att vara fet och stark, alltså var han den fruktade kombinationen fetstark. Medan alla andra eleverna i andra klass fortfarande såg ut som barn såg han ut som en vuxen person på alla de sätt Peter kunde tänka sig. Lång, en kroppskonfiguration som påminde mer om vuxna mäns än om unga pojkars, men framförallt – mustaschen. Peter gick in i klassrummet och satte sig vid sin bänk, han kollade ut över klassrummet. Det var länge sen det hade varit sådan uppståndelse. "Såg ni mustaschen", "Vad lång han var", "Han måste gått till fel skola, han borde bergis gå i högstadiet", "Skulle aldrig våga ge mig på honom"... Under alla lektioner fram till lunch var det den nya killen som dominerade i samtalen. Han hade gjort avtryck på alla, inget snack om saken. När gänget gick på lunch var det tydligt, den nya killen var ett hot, just nu var det han som var ledaren, utan att han ens hade behövt göra någonting för det.

Gänget satte sig själva vid ett bord i matsalen.

– Såg ni hur lång han var, sa Per.

– Och vilken mustasch han hade, han måste ju vara minst tjugo år, sa Mats.

– Undrar vad han väger, sa Peter.

– Tror han inte är lika stor som han ser ut, sa Krille, tror mest att han verkar lång.

Krille försök att få ned statusen på den nya killen var tragikomiskt, det var tydligt att det här var den största killen på skolan, så vad än Krille sa så blev det bara fel. Men hans poäng framgick tydligt ändå, antingen fick de sätta den nya killen på plats eller så fick gänget finna sig i att de helt plötsligt inte skulle vara de tydliga ledarna.

– Man borde ge honom stryk, sa Peter.

– Eller hur, han verkar jobbig, sa Per.

– Fast han är ju så stor, sa Mats.

Sorlet i matsalen tystnade en kort stund, sedan började det med förnyad kraft. Den nya. killen stod i kön till maten. Tjejen framför honom i matkön nådde honom knappt till bröstkorgen, killen bakom honom gjorde det inte. När den nya killen gick förbi gängets bord såg de att hans tallrik var överfylld med mat.

– Fan vad jobbig han verkar, sa Kristoffer när han var säker på att den nya killen inte längre kunde höra.

– Eller hur, sa Per.

– Borde sätt åt honom på rasten, sa Peter.

– Det borde vi verkligen göra, sa Krille.

När gänget hade ätit klart så gick de ut för att leka i snön. Det var inte samma kraft som vanligt i trion. De lyckades starta ett snöbollskrig mellan klasserna, dessutom fick Peter tag på Therese som han mulade. Hon var kär i honom och försökte på varje tänkbart sätt att söka kontakt. Han kände egentligen samma sak men var för rädd för att erkänna det, så hans svar när hon sökte kontakt var i regel slag, sparkar eller snö i ansiktet. Tillslut så kom då den nya killen ut. Folk stod och tittade, undvek honom trots att han inte ens försökte kasta snöboll eller jaga någon. Han var på väg in mot klassrummet. Krille tog mod till sig och kramade sakta en snöboll. När den nya killen var nästan framme vid trappan så kastade Krille snöbollen. Det blev helt tyst på gården samtidigt som snöbollen sakta flög mot målet, sedan landade den gott och väl tre meter ifrån målet. Den nya killen vred huvudet för att kolla vem som kastade, Krille började springa allt han hade, den nya killen bara log när han öppnade dörrarna in i skolan. Krille hade tappat anseende. Förvisso hade folk blivit imponerade av att han vågade kasta snöbollen, men att han hade flytt hals över huvud bara för att den nya killen tittade åt hans håll hade förstört allt coolt som snöbollskastningen hade gett.

   — Vi borde verkligen ge oss på honom, sa Krille när vi var inne i klassrummet.

   — Absolut, sa Peter.

   — Imorgon gör vi det, då jävlar ska han få se hur det går när man bråkar sådär.

Nästa morgon var det inte lika jobbigt att gå förbi den nya killen i korridoren, det var den största killen Peter sett, men han verkade inte vara den slagskämpe som ryktet hade sagt. Dessutom hade de fått reda på att han hette Hamid, att veta hans namn gjorde på något sätt honom mer mänsklig. Peter kände nästan lite medlidande för honom, Hamid var som tjuren Ferdinand, stor och starkt utan att ha bett om det. När Peter gick förbi tittade Hamid mot honom, Peter tittade snabbt bort och snabbade på stegen. Han ställde skorna på skohyllan utanför klassrummet och vände sig mot Krille

– Han verkar inte så farlig ändå, sa Peter.

– Eller hur, på lunchrasten ska han få.

Under dagen började ryktet gå, gänget skulle ge sig på den nya killen på lunchrasten. Egentligen hade det inte varit någon tydlig plan, men Jörgen hade hört Peter och Kristoffer snacka om att de skulle ge sig på Hamid, sen var ryktet igång. Nu gick det inte att backa, nu var gänget tvungna att fullfölja det som de ofrivilligt redan påbörjat. Under timmarna fram till lunch hade Peter svårt att koncentrera sig. Även om han brukade slåss relativt ofta var det här något annat, nu skulle han slåss mot ett hus. Men det gick inte att visa rädslan, så under hela förmiddagen satt Peter och försökte visa sig så modig som han egentligen ville vara. Äntligen så kom lunchrasten. Gänget snabbade sig till matsalen, de lyckades ställa sig först i matkön. Det var en talande tystnad som rådde vid deras bord. Nervositeten var tydlig, ingen av dem försökte ens spela obrydd längre, nu var det på blodigt allvar. När de slängt i sig maten så gick de ut i samlad trupp, ställde sig på den lilla kullen och väntade.

– Hur ska vi göra då, ska vi kasta snöboll, frågade Per.

– Nä, vi borde mula honom, sa Peter, sätta dit honom rejält.

– Men hur ska vi göra det, sa Mats, han är ju så stor.

– Men vi är fyra, sa Krille

– Gäller bara att få ned honom på marken så är det lugnt
  sen.

Samtalet pågick länge, det var ingen som egentligen ville påbörja bråket för det innebar störts risk att få stryk. Tillslut började så en plan utkristallisera sig, eftersom det var Mats som hade minst status i gruppen så var det han som fick ta det jobbiga uppdraget att börja. När Hamid passerade kullen skulle Mats glidtackla honom bakifrån så att han föll, sedan skulle de andra i gänget springa fram mot Hamid och mula honom allt vad de kunde.

Hamid kom gåendes ut från matsalen, verkade tillsynes helt ovetandes att det var en uppgörelse på gång. Mats tog en lång omväg för att komma runt honom från andra sidan, de andra gick sakta rakt fram emot honom. De hade två snöbollar var i händerna, planen var att snöbollarna skulle flytta bort fokuset så att Mats kunde fälla Hamid. När Hamid passerade den lilla kullen på skolgården stod gänget ett tiotal meter ifrån honom, Peter kastade första snöbollen som landade på Hamids ben, han stannade upp. Peter kände att han nog skulle få ångra det senare, men bollen var i rullning, Peter kastade en snöboll till, tätt efter följde en var från både Per och Krille. Hamid började bli arg och stirrade på dem samtidigt som Mats började springa mot honom bakifrån. När det bara var några meter mellan Hamid och gänget såg Peter bakom ryggen på Hamid hur Mats hoppade med ena benet utfällt. "Det har var du inte beredd på", tänkte Peter. Men när Matas träffade Hamids ben så föll han inte, planen gick inte exakt som gänget hade tänkt sig. Hamid tittade bakom sig och verkade tänka något i stil med "skyll dig själv", före han lät sin kropp tungt falla på Mats.

– Nu tar vi honom, skrek Krille.

Peter kände sig lite tveksam till hela situationen när han sprang framåt. Förvisso låg Hamid ner på marken som de hade planerat, men nu låg han på en gråtande Mats. Krille var den som först kastade sig på Hamid, men Hamid föste enkelt undan honom med ena handen. Det gick bättre för Per, han hann i alla fall lägga sig på Hamid i ett försöka att hålla honom nere. Hamid var nu rejält sur, han tog tag i Pers jacka och tryckte ned hans ansikte i snön. Peter kastade sig också på honom efter att Per blivit nedtryckt, han hade fått upp lite snö som han försökte mula in i Hamids ansikte. Hamid tog tag i Peters handled och började bryta den åt sidan, Peter var tvungen att lägga sig ned på marken för att skydda sig från smärtan. Kristoffer ryckte i armen som Hamid höll i Peter med så att Hamid tillslut var tvungen att släppa. Men istället för att ta tag i Peter igen så slog Hamid helt enkelt Kristoffer i magen, Krille tappade andan och föll handlöst framåt. Per hade även han börjat grina så nu var det bara Peter kvar som varken grät eller låg utslagen. Hamid tittade Peter i ögonen, Peter reste sig upp och kände att här gällde det att fly istället för att illa fäkta. Eftersom Hamid var tvungen att kasta av sig Per före han kunde ta sig upp fick Peter några meters försprång, men det dröjde ändå inte många steg före Peter kände hur mina hans ben slogs undan och han föll handlöst. Medan Peter föll såg han att Hamid hade kastat sig och sparkat undan hans ben på samma sätt som Mats hade försökt att göra på honom. Trots det kunde inte Peter inse att det fanns ett slag av rättvisa när Hamid tryckte snö i hans ansikte. När Hamid hade mulat honom klart och Peter hade gråtit färdigt gick Hamid lugnt in för att hinna i tid till nästa lektion. Hela gänget samlade sig, Per grät fortfarande. Trots att de alla fyra hade fått stryk så skämdes de inte, killen var som ett djur, han hade trots allt spöat fyra killar utan större problem.

- Vilket monster, tjockare och fulare får man leta efter, sa Peter.

- Eller hur, helt sjuk kille, sa Krille.

Runtomkring dem på skolgården stod nästan hela skolans
elever och kollade på dem, alla hade sett slagsmålet. Men alla
insåg att det här var inget vanligt bråk, det var inte pinsamt att
få stryk av en kille som var så mycket större.

Nästa eftermiddag blev Hamid kallad till lärarrummet, när
han kom dit så var rektorn, hans klassföreståndare samt en
speciallärare där.

– Vet inte om du förstår varför du blivit kallad hit idag,
frågade Rektorn.

– Nej. Antar att det är för att jag är ny här, sa Hamid.

– Det är inte därför. Du har varit här två dagar nu och redan
hunnit hamna i fyra slagsmål. Det här är inte en sådan
skola där vi slåss, vet inte vilken skola du varit på tidigare,
men här på skolan pratar vi istället för att bråka.

– Men det är ju inte mitt fel, det är dom andra som hoppade
på mig.

– När två träter är båda skyldiga, de kanske retade dig, vad
vet jag, men man ska inte slåss bara för att man är större,
du måste lära dig att lösa problem utan att ta till
knytnävarna.

– Men det var ju inte mitt fel, de kastade sig på mig utan
anledning.

– Så de kastade sig på dig helt utan anledning.

– Absolut.

– Men hur kan du då förklara att Gudrun igår upptäckte att
fyra av hennes elever hade blåmärken på kroppen.

– För att jag gav igen.

– Det där finner jag svårt att tro, om de hade kastat sig på
dig så hade det nog inte varit dom som kom in i

klassrummet gråtandes. Förstår du att här på skolan löser
vi inte problem genom att slåss.

— Men det var...

— Förstår du de.t

— Det gör jag.

Hamid visste knappt vart han skulle ta vägen. Fyra killar som
han inte kände hade hoppat på honom och försökt ge honom
stryk. När han sedan hade försvarat sig så blev han inkallad
till rektorn och fick skäll för det. Livet var inte rättvist.

Kapitel 5

Sista lektionen före lunch var matematik. Peter hade lätt för matte vilket för hans lärarinnan var både bra och dåligt. Det bra var att han knappt behövde någon hjälp, det dåliga var att han så snabbt blev klar att han hade massa tid över för att prata med sina klasskamrater. Den här dagen hade Peter börjat bråka med Krille vilket gjorde att de återigen blivit utkastade från lektionen. Bråket hade inte varit av den allvarligare arten och därför hade de ganska snabbt blivit nog goda vänner för att spela lite fotboll. De sköt lite straffar på varandra men stämningen var något stämd.

– Ojdå, vill du jag ska skjuta med vänster fot nästa gång så du har en chans, frågade Krille när Peter hade släppt in ett enkelt skott.

– Så dålig som du är med vänstern kommer du nog inte ens fram till målet.

– Även om jag gjorde det så är du så tjock att det inte går att pressa in en boll på sidan av dig.

Snacket fortsatte tills de andra klasskamraterna kom ut på rast och det var dags för lunch. Det behövdes en uppgörelse på något sätt. När Peter och Krille kom in i matsalen så låg de rektangulära pannkakorna där och väntade på dem. Utan att säga något ställde sig båda i matkön bredvid varandra, uppgörelsen hade börjat. Krille var den första som räckte fram tallriken till mattanten.

– Jag är hungrig, ge mig många pannkakor, sa Krille.

– Du får fem stycken, om du orkar fler får du hämta igen, sa mattanten.

Peter sträckte självsäkert fram tallriken till samma mattant.

– Ge mig lika många som han fick, sa Peter.

De gick sedan mot bordet där det stod sallad, sylt och bröd. Det stod tre stora syltburkar mellan tomaterna och hårdbröden. Tävlingen var inte uttalad med regler, men båda förstod att det inte ingick sallad i tävlingen. Peter tittade mot Krille och la på ungefär lika mycket sylt på sin tallrik som Krille hade på sin. De gick mot ett bort som stod vid ena kortsidan av matsalen. Ingen av dem hade uttalat några regler, eller ens sagt att det var en tävling, när de satte sig ned mittemot varandra.

– Jag blev hungrig av att slå dig så hårt i fotboll, sa Krille.

– Vad konstigt minne du verkar ha, verkar som att du inte kommer ihåg att det var jag som spöade dig i fotbollen nyss, sa Peter och tog en stor första tugga.

Pannkakorna var ganska goda tyckte Peter. Men i rättvisans namn så tyckte Peter om nästan all mat som han blev serverad, det var sällan han inte tog en extra portion av någon mat de blev fick i skolmatsalen. Pelle kom och satte sig bredvid Peter, sedan kom Lena och satte sig på andra sidan. Bredvid Krille satt Hamid och Mats. Peter och Krille var klassens informella ledare. Krille hade högre social status, han var den häftiga snygga killen som var okey i skolan och duktig på sport. Peter var varken lika snygg eller häftig, men han var bäst i klassen i de flesta ämnen och likvärdig i sport. Även om Peter i smyg hade Krille som sin idol så gjorde faktumet att Peter var bäst i klassrummet att maktbalansen var någorlunda jämn. Dessutom hade de alltid stått upp för varandra. Inom klassen var det inget problem, det fanns en tydlig hierarki sedan länge. Den stora fadäsen hade skett när de hade fått stryk av Hamid, men efter bråket hade de börjat hänga med honom och blivit vänner istället.

Peter tyckte att det kändes bra med pannkakorna, han hade
redan hunnit äta tre och kände att han hade många till i sig.
Det bådade gott för den inofficiella tävlingen. Tyvärr tyckte
Peter att det såg ut som att Krille kände samma sak. Peter och
Krille var inte bara klassens två ledare, de var också klassens
två sämsta förlorare. Det spred sig en speciell känsla runt
bordet, de som satt bredvid hade på känn att det var något,
men det var nog bara Pelle, som hade hört dem i matkön, som
förstod vad som var på gång. Peter snabbade sig så att han
hinna äta upp första portionen före Krille. När Krille såg att
Peter nästan var klar började även han att hetsäta. Eftersom
Peter hade börjat spurten före blev han klar först. Peter reste
sig upp och började att gå med snabba steg. Det tog inte
många sekunder förrän Peter hörde en stol skjutas ut från
bordet. När han ställde sig i matkön kom Krille upp just
bakom.

– Ge mig fem nya, jag är jättehungrig, sa Peter.

– Ge mig fem nya också, om man inte kan få fler, sa Krille.
De gick till sylten ihop och lassade på. När de sedan gick till
mjölkmaskinen så var båda osäkra på om mjölk ingick i
tävlingen, eftersom tävlingen inte var uttalad var det svårt att
prata om reglerna. De sneglade på varandra så att de fyllde
sina glas lika mycket, sedan tittade de på varandra och kom
på något sätt överens om att så länge de båda drack lika
mycket mjölk så påverkades inte den huvudsakliga tävlingen
som trots allt var pannkakorna. Just efter dem kom Pelle med
en ny portion.

– Hämtar ni lika mycket till, ni verkar vara hungriga, sa
Pelle.

– Jag kommer nog ta minst fem till, sa Peter, jag är hungrig
utav bara den.

– Jag kommer nog att ta tio till, sa Krille.

Det började gå upp för de andra som satt vid bordet runtomkring att det var en tävling på gång. Att tävlingen gällde pannkakor gjorde tävlingen extra intressant. Eftersom det var industriella pannkakor som alla var lika stora var det lätt att mäta hur mycket mat man hade ätit och därmed blev resultatet tydligt. Det gick inte att skylla bort en förlust på annat än sylten, och alla förstod att det inte var en giltig ursäkt för sylten tog man bara för att göra pannkakorna ätbara. Dessutom gick det att jämföra olika resultaten över tid. Allt detta gjorde att pannkaksätning var mästarnas gren inom matätartävlingarna. Förra året hade en kille i sexan ätit tjugo pannkakor vilket var skolrekordet. Om Peter eller Krille var i högform idag så hade de möjlighet att inte bara vinna mot varandra, de hade också möjlighet att bli den nya snackisen på skolan. Men det var långt borta, tio fick räknas som ett okey resultat, allt över det krävde viljestyrka.

Den här gången var det svårare att äta upp. De första pannkakorna var fortfarande ganska goda, men i vanliga fall skulle Peter slutat efter sjunde-åttonde någonstans.

– Det är synd att det inte har pannkakor oftare, det är ju riktigt gott, sa Krille.

– Håller med, det går ju nästan att äta hur många som helst, jag ska absolut hämta fler, sa Peter.

Det var betydligt mindre snack under dessa pannkakor. Peter tittade ner på tallriken och funderade på hur många till han skulle orka, men framförallt på hur många Krille kunde tänkas orka. Krille såg alldeles opåverkad ut, men det sa inte så mycket egentligen, för det ingick i spelet att verka oberörd. Peter kände samtidigt att han hade mycket kvar av både magutrymme och viljestyrka. Peter tittade sig omkring i matsalen, matsalen bestod av ett enda stort rum, det gick tre stora bjälkar under det spetsiga taket. Inredningen bestod av massa ljusa träbord med trästolar runtomkring, det stod rektangulära bord utefter alla väggarna och ett gäng runda bord utspridda i mitten. Peter och Krille satt vid ett av fönsterborden, det var åtta sittplatser som alla var fyllda. I regel så var borden där Krille och Peter satt fyllda, den enda gången det inte stämde var när de valde att sitta för sig själva av någon anledning. De andra i klassen satt och försökte prata på som vanligt, men de sneglade mer och mer mot de två tävlandes.

– Tror ni att ni får prata med Margareta nu igen när ni blev utslängda, frågade Pelle.

– Troligen inte, vi var bara lite bråkiga, inget speciellt hände, sa Peter.

– Men får vi göra det är det bara att spela ledsen så tycker hon synd om oss och ger upp snabbt, sa Krille och skrattade.

Även om det var en tävling med mycket prestige så kände Peter att det var någon sorts gemenskap som fanns där mellan honom och Krille. Båda insåg att det var en tävling som det skulle bli tungt att vinna, den andre skulle inte ge sig i första taget. Men det gjorde tävlingen så mycket intressantare, en tävling där den andre inte brydde sig var meningslös att vinna. Peter hoppades att Krille skulle äta riktigt många pannkakor, men att Peter skulle lyckas äta en mer. När båda nästan var klara med sina tio pannkakor och var på väg att hämta fler så var det redan ett gott resultat. Det var en tävling där det var roligt att vara med. Även om Peter skulle vara arg hela dagen om han förlorade så skulle han förlora med huvudet högt. De åt båda två upp sin tionde pannkaka samtidigt och sköt nästan simultant ut stolarna. Den här gången gick de sakta sida vid sida till matkön. Väl där sa Krille återigen.

– Fem pannkakor tack, jag är vrålhungrig, han tittade på
Peter och de flinade ihop.

– Lika många, tack, sa Peter.
Mattanten såg tveksam ut men orkade inte ta någon
diskussion. Hon hade redan fått erfar att det var två tjuriga
killar som stod framför henne.

När Peter satte sig med tallriken framför sig så kände han inte
samma sug som han hade gjort de två tidigare gångerna han
hade satt sig ned vid bordet. Det som räddade honom var att
det faktiskt såg tungt ut för Krille också, förhoppningsvis
ännu jobbigare. För att inte göra det ännu jobbigare så tog
Peter en tugga direkt. "Det är ju faktiskt fortfarande ganska
gott", tänkte han.

– Jävlar vad ni äter, orkar ni spela fotboll sen, frågade Pelle.

– Ingen fara, det går bara fint, sa Peter.

– Du ska se att jag tunnlar dig några gånger, oroa dig inte
för det, sa Krille.
Det gick förvånansvärt lätt, Peter kunde äta både första och
andra utan att det tog emot alltför mycket. Peter tittade
förväntansfullt upp men tyvärr så verkade inte heller Krille ha
några större problem. "Det kan bli en lång lunch", tänkte
Peter. Annelie, som oftast var blyg och tillbakadragen, lutade
sig fram och sa.

– Jag såg er på matchen igår, vad duktiga ni var.
Annelie rodnade.

– Det gick ganska bra, alltid roligt att få göra lite mål, sa
Krille.
Peter hade alltid varit avundsjuk på hur duktig Krille var på
att prata med tjejer. Det var som att han inte ens var rädd för
dem. Peter var i sin tur livrädd, han stammade direkt han
började prata med någon tjej, det spelade nästan ingen roll

vem det var. Den enda fredade zonen var klassrummet, där
var det inga problem med att prata inför hela klassen, där
kände han sig så säker på sin plats att han aldrig var osäker på
att säga något. Men direkt de gick utanför klassrummet var
det som om något hände, han hade svårt att säga något mer
än ja, nej, kanske, när någon tjej pratade med honom. Det var
dock få som förstod hur blyg Peter var. För blygheten passade
dåligt in i hans övriga egenskaper, han var duktig på sport,
pratade mest i klassrummet, sågs dessutom som en
slagskämpe. Under tiden Peter hade funderat kring blyghet
hade han fortsatt äta pannkakor. Han tittade förvånat ner på
tallriken och insåg glatt att han snart hade ätit klart sina
femton pannkakor. Det var tydligt för alla kring bordet att
både Peter och Krille snart hade ätit femton och tänkte gå
mot tjugo, det inofficiella skolrekordet. Nästan hela klassen
satt nu vid närmaste borden och följde dramat. Även ett gäng
ur parallellklassen hade uppfattat vad som var i görningen.
Nästan varje gång det var pannkakor försökte någon slå
skolrekordet, så det var inget speciellt. Men det var få gånger
som någon hade klarat så många som Peter och Krille hade
gjort. Att de dessutom gick i tredje klass gjorde insatsen
mycket mer imponerande. Peter försökte att inte tänka så
mycket på det som hände runtomkring utan fokuserade på
den sista pannkakan på tallriken. Han tog ett djupt andetag
och fortsatte föra gaffeln metodiskt mot munnen. De
avslutade sista tuggan samtidigt och reste sig ånyo nästan
simultant. Krille nickade mot Peter för att visa att han fick ta
pannkakor före denna gång.
– Fem nya pannkakor tack, sa Peter.
– Samma som han, sa Krille.
När Peter gick mot sylten kände han mättnaden och tänkte
"det här orkar jag egentligen inte, varför plågar jag mig själv

för några pannkakors skulle". Han andades ett djupt andetag, stängde ögonen och försökte hitta vinnarskallen. Som tur var för honom var den lätt att hitta. "Krille är minst lika mätt som jag", tänkte Peter. När de satte sig ned vid bordet hade skaran runtomkring dem växt avsevärt. Nu var det folk från hela skolan som stod och tittade på. Peter och Krille gav varandra ett kort leende, prestigen hade ökat, men samtidigt så hade de båda lyckats äta så pass mycket att de skulle vara det stora samtalsämnet på skolan närmsta dagarna. Peter öppnade munnen för att säga något men hejdade sig. Han hade tänkt säga "lycka till" men insåg att det skulle gjort den outtalade tävlingen uttalad, vilket var mer eller mindre ett regelbrott. Första tuggan tog emot, den var inte äcklig, men den var rejält jobbig.

– Dom klarar det aldrig, hördes en kille i sexan säga.
Peter och Krille tittade på varandra och log, samtidigt som det var en tävling mellan dem så började det bli tydligt att det också var en tävling mot alla äldre elever i skolan. Även fast man gick i trean kunde man göra bra saker, nu var det upp till bevis. Peter försökte tänka på annat medan han pressade ned sista biten av den sextonde. Det kändes mer och mer degigt för varje tugga. När Peter kollade upp såg han att Camilla satt på stolen bredvid honom. Camilla som han hade varit förälskad i under mer än ett års tid. Han hade några gånger tagit mod till sig för att försöka prata med henne, tyvärr hade det varje gång slutat i stamningsfiaskon. Nu var det dags att imponera på henne, Peter hade en chans att visa att han var någon att satsa på, "Om jag bara lyckas ta skolrekordet borde Camilla bli så imponerad att hon blir lite förälskad i mig", tänkte Peter. Peter kunde inte helt få klart för sig hur en förmåga att äta mycket pannkakor skulle få någon tjej att bli intresserad av honom, men han valde att bortse från allt

logiskt då han hade kommit på ett sätt att imponera på Camilla. Tankarna på Camilla tog bort tankarna från illamåendet, helt plötsligt låg det bara den tjugonde pannkakan framför honom. Tyvärr hade även Krille bara en kvar. Det var bara att bita i, både bokstavligt och bildligt. Den tjugonde gick sakta ned, tuggorna tog längre tid. De minimerade båda mjölkdrickandet till det som krävdes för att skölja ner varje tugga. När Peter tog den sista biten på gaffeln så märkte han att halva skolan samlats kring dem. Folk satt på stolar, på bord, folk stod huller om buller. "Nu gäller det, nu ska jag visa dem att jag är en vinnare", tänkte Peter. När han tog den sista biten av den tjugonde pannkakan gick det ett sus genom publiken. Det hördes saker som "nu är han lika med skolrekordet", "vilken kille", "han ser ut att orka ännu fler", "wow", "häftigt". Krille låg bara några tuggor bakom, Peter väntade in honom för att kunna gå tillsammans även denna gång. Peter valde dock att gå några symboliska steg framför Krille. När de gick genom elevmassan delade den på sig som om det skulle kommit en rockstjärna eller kunglighet. Just nu kände sig Peter som både en rockstjärna och kung på samma gång. Han konstaterade att det var en skön känsla.

— Fem till tack, sa Peter med utmanande blick till mattanten.

— Samma här, sa Krille.

Mattanten tittade på dem roat.

— Det verkar som att det pågår en tävling, sa hon.

— Det kan du ge dig på, svarade Peter.

Båda gick tillbaka till bordet utan att slänga på ens en liten gnutta sylt. Ingen av dem ville riskera vinsten. En extra tugga sylt kunde vara det som skiljde mellan skolans snackis och förloraren som spydde på toaletten. Det började mer och mer kännas som en tävling i sann olympisk anda, det viktiga var inte att vinna utan att delta. Både Krille och Peter kände att det uppstod något speciellt mellan dem, något som kanske bara kan uppstå när man går i lågstadiet och tävlar i pannkaksätning. Det var som att de både tävlade mot varandra men samtidigt med varandra. Att två killar höll på att gå mot rekordet i pannkaksätning var stort, att det dessutom var två killar som i vanliga fall tog ganska mycket plats gjorde det hela till en händelse. Om de blev skolrekord skulle det vara en riktigt stor händelse, ryktet fortsatte att spridas på skolgården, ingen ville missa tävlingen.

Den första pannkakan var väldigt viktig och symbolisk. Lyckades någon av dem få i sig den tjugoförsta skulle den personen nu ha skolrekordet. Det var en viktig psykologisk gräns, även om man kom tvåa så var det stort att ha slagit det gamla skolrekordet. Peter valde en annan taktik den här gången, han körde på att äta den första snabbt utav bara den. Han tryckte ner den före han hann känna kräkningskänslan. Pannkakan gick ned snabbt, men sedan dröjde det inte länge förrän smärtan kom, det var som att magen ville sprängas och kasta maten rakt upp genom matstrupen. Peter stålsatte sig och rörde sig inte en tum. "Fokusera på att du tagit skolrekord, fokusera på att du tagit skolrekord, alla är imponerade av dig, fokusera på att tjejerna tittar på dig", tänkte Peter. Peter hörde röster runtomkring sig, "han kommer att spy", "ser ni vad vit han är", "ojdå, han verkar ha gått in i väggen". Peter började falla in i samma tankar, kräkningen var det naturliga nästa steget. Men när han tittade upp och såg en dryg kille i femman stå och småle fick Peter någon knäpp i huvudet. Han ville inte förlora, men han ville absolut inte att så dryga personer skulle få skratta åt han sprang iväg på toan för att spy. Peter böjde sig framåt och började skära en liten bit av nästa pannkaka. "Det är bara att

borra ner huvudet och kämpa, kom igen nu Peter", tänkte
han. Efter att han hade tänkt klart tanken insåg han hur
komiskt det hela var, här satt han och försökte förmå sig
själva att överträffa sin fysiska förmåga, inte för att springa
snabbt eller vinna en fotbollsmatch utan för att tvinga i sig
pannkakor. Leendet återkom på läpparna och före Peter
visste ordet av så var nästa pannkaka uppäten. Peter lutade sig
framåt och såg att Maria satt lite längre bort. Det var en annan
förälskelse, kanske egentligen den största, men eftersom att
hon gick i parallellklass och han inte ens vågade hälsa på
henne så hade knappt vågat fantisera om hur det vore att få
bli tillsammans med henne. Hon var vacker som en
sommardag. hon hade fräknar och ljust hår, hon var alltid glad
och snäll mot alla. Peter hade svårt att förstå att hon stod där
och tittade på honom, att hon var imponerad av något han
gjorde. "Hon kanske kan bli hemligt förälskad i mig om jag
vinner", tänkte Peter. Den tanken tog honom genom den
tjugotredje. Tankarna på Maria hade gjort att han börjat
rodna. "Hoppas att ingen ser", tänkte Peter, men eftersom
mer eller mindre hela skolan stod runt dem så var det
garanterat några som såg. Krille hade det tungt, det såg ut som
att han höll på att ge upp, bitarna han skar blev mindre och
mindre, nu var de så små att de borde räknas som smulor. För
att komma bort från de tankarna som gav rodnad började
Peter äta nästa pannkaka. Det tog emot mer än tidigare, det
kändes som att det växte en degklump i munnen. Hur mycket
han än tuggade så gick det knappt att få ned den. Han var
tvungen att ta flera klunkar mjölk för att få ner varje tugga.
Krille kollade nyfiket upp, han insåg då att han faktiskt hade
en chans och åt upp pannkakan han hade framför sig
demonstrativt snabbt. Några sekunder senare visade det sig
vara dumt gjort. Nu var det Krilles tur att bli vit i ansiktet och

Peter fick förnyade krafter och kunde spurta i sig sin tjugofjärde. Under tiden hade mattanterna burit undan pannkakorna från bespisningen så nu var det bara de två pannkakorna som låg framför Peter och Krille som skiljde dem från evig stolthet. En på vardera tallriken, frågan var om någon skulle orka. Peter var som i en dimma där han hörde röster runtomkring sig, "Gud vad fjantigt, hur orkar de hålla på", "hur orkar två småkillar allt det där", "coolt", "de fuskar säkert, de kan inte ätit allt det där", "imponerande", "de är ju grymma". Krille såg ut som att han hatade livet, han var så mätt att han kände smärta i hela kroppen. Peter tittade ned på tallriken. Framför honom låg en rektangulär pannkaka. I vanliga fall älskade Peter pannkakor, men nu fick han kväljningar av blotta tanken på att äta upp den sista. Personer runtomkring försökte peppa, men Peter orkade inte ta in något som de andra sa, nu var det bara en kamp mellan honom och Krille. Peter började sakta skära en liten kantbit, spetsade biten på gaffeln och förde den sakta till munnen. Krille såg plågad ut när han följde efter. De åt under tystnad, tuggade länge för att klara av att svälja. Sorlet hade dött ut, nu var det helt tyst, det enda som hördes var det mekaniska ljudet av käkar som tuggar. Båda tog mindre och mindre bitar för att orka med, tillslut var det nästan svårt att få upp bitarna på gaffeln. När halva var uppäten så kände Peter att det inte gick längre, något var fel i kroppen. Magen började rytmiskt dra ihop sig för att trycka ut maten fel väg. Han började resa sig för att springa till toaletten men såg då hur Maria tittade med drömsk blick på Krille. "Jag måste fortsätta om jag ska ha en chans på henne", tänkte Peter. Han satsade alla sina krafter på att trycka ned det som ville upp. Sekunderna tickade sakta, men efter en långsam minut så insåg Peter att han hade lyckats. Resten av pannkakan åt han som i ett töcken, han försökte bara göra som Krille gjorde. När Krille hade ätit upp nästan hela pannkakan så böjde han sig framåt och höjde axlarna. "Nej, det var ju inte såhär det skulle gå till, jag vill inte vinna på det här sättet", tänkte Peter. Tävlingen var för fin för att avslutas med att Krille kräktes ned matbordet. Peter blev glad när han insåg att Krille lyckats kämpa emot. Peter gav honom ett uppmuntrande leende och Krille log tillbaka. De tog samtidigt den sista biten, tuggade sakta, nickade mot varandra och svalde samtidigt. Salen var helt tyst, det enda ljud man kunde höra var hur mattanterna röjde undan i köket. Folk tittade på varandra, de började inse vad de varit med om, detta var förutom ett oslagbart skolrekord en kamp som varit unik. Peter och Krille log mot varandra, ställde sig upp och började gå runt bordet för att mötas på kortsidan.

– Snyggt jobbat, sa Peter.

– Detsamma, svarade Krille.

De stor länge tysta, sen gav de varandra en kram. Tystnaden bröts av ett öronbedövande jubel. När de sedan sakta började gå ut ur matsalen så gick alla ur vägen. Killar som var flera år äldre dunkade dem i ryggen, tjejer som Peter knappt vågat titta på tidigare gav honom leende och blickar som han aldrig fått förut. När de gick över skolgården så kunde de fortfarande höra jublet från matsalen.

Kapitel 6

Det var en solig dag under början på sommarlovet, Peter var hemma hos Krille. De fick inte spela tv-spel när det var så pass fint väder ute så istället hade de lyssnat på musik och ätit några rostade mackor. Krilles föräldrar hade köpt en ny säng som de hade hållit på att skruva ihop under hela förmiddagen. När de äntligen var klara med sängen så satte Krilles pappa Stefan sig i TV-soffan och slog på fotboll, Krilles mamma Lena ställde sig och började laga lunch. Peter och Krille gick in på Krilles rum, på vägen dit såg de att verktygslådan var framme. Den stod öppen vid sänggaveln. Krille nickade mot Peter och de smög sedan dit båda två. Det låg några skruvmejslar, lite muttrar, småverktyg som Peter inte kunde namnet på och tre stycken moraknivar i lådan. Krille fick ett infall och tog upp två av moraknivarna, tittade sig omkring, gömde knivarna i tröjärmen och gick sedan med raska steg in till sitt rum. Peter följde med, förstod inte riktigt varför Krille hade tagit knivarna, men kände att det var spänning i luften. Knivar var något som tillhörde den förbjudna världen, den värld som vuxna knappt hade tillgång till. Peter hade slagits mycket under sin uppväxt, men den oskrivna regeln var att alla sorters tillhyggen var strängeligen förbjudet. Knivar fanns i Tv-spel samt i filmer med antingen ninjor eller James Bond. Ninjor och James Bond kunde kasta knivarna som dödade en människa, sedan gick de fram tufft och bara drog ut kniven sådär nonchalant. Krille höll upp knivarna och kände lätt på eggen.

– Häftigt, sa Peter.

– De är riktigt vassa sa Krille, sedan så stack han med en av knivarna i en bit papper för att verkligen visa hur vassa de var.

– Wow.

De stod båda och stirrade på knivarna, lät stunden sjunka in. Det var uppenbart att de båda var rejält rädda för knivarna, Krille höll kniven långt ifrån kroppen, han riktade den aldrig i närheten av Peter utan högg små hugg åt andra hållet i luften.

– Jag tror jag kan kasta kniv, jag såg en ninjafilm där de kastade knivar så att de fastnade exakt där de siktade, sa Krille. Ninjorna spöade massa killar med pistoler bara för att de hoppade runt och kastade knivar.

– Tufft, det skulle jag också vilja lära mig, sa Peter.

De nickade lite igen, sedan tittade vi upp på varandra, det var avgjort vad de skulle ägna den här dagen åt. Krille tog en fotboll under armen, gömde knivarna i tröjärmen, sedan gick de till hallen. Krille ropade

– Vi går och spelar lite fotboll.

– Gör det, håller er bara nära så jag kan ropa in er när det blir lunch, svarade hans mor.

– Okey, vi spelar vid träddungen här nere.

De bodde på tredje våningen, trapphuset bestod av någon sorts betong med spacklade ytor. Det gick en rundad trapp mellan varje våningsplan, trappstegen var klädda med stora stenplattor. Peter och Krille började springa ner för trapporna i sin upprymdhet, Peter snubblade till med högerfoten när han hade kommit ner till andra våningen, han höll på att ramla men lyckades hålla sig på benen. Han snubblade dock in i Krille som tvärt hade stannat upp.

– Jag kan ju inte springa nu, det är ju livsfarligt, sa Krille.

– Just ja, tänkte inte på det.

De gick sedan väldigt sakta ner för resterande trappan. Väl ute så kikade de sig omkring. De gick sakta och spanade sig omkring, planen var att ingen som såg dem skulle lägga märke till dem, de var ninjor. Men tyvärr så hade de tänkt helt fel, två unga killar som sakta går mellan gömställen och oroligt tittar omkring sig är något som sticker ut. En man som cyklade förbi stannade och frågade

– Jaha, vad gör ni då?

– Ingenting, sa Peter.

– Ingenting alls, fyllde Krille i.

– Ni håller inte på med något fuffens, frågade mannen.

– Nejdå, vi ska bara spela fotboll, sa Krille.

Peter blev rädd och kramade sina händer bakom ryggen så att det gjorde ont. Mannen tittade länge fram och tillbaka på Peter och Krille. Det blev jobbigt och Peter höll på att erkänna när mannen hoppade upp på cykeln och sa

– Gör inget dumt bara, hejdå.

– Hejdå.

– Hejdå.

De gick vidare med hög puls ut i träddungen som låg bredvid kortsidan på huset. Det var ingen stor dunge, men eftersom den låg på kortsidan av huset hade Krilles lägenhet inga fönster vända ditåt, dessutom var den insynsskyddad. När de kommit in i dungen skulle de lära sig att behärska knivkastning som riktiga ninjor. De började med att gå igenom hela dungen för att se att de var ensamma. Kusten var klar, det var bara de två blivande ninjorna i den lilla dungen.

– Vart ska vi kasta då, frågade Peter Krille.

– Jag vet inte, vi kollar runt lite.

Det gällde att hitta ett ställe där de inte var synliga från cykelvägarna som gick runt på området, dessutom skulle det finnas ett bra träd att kasta emot. Eftersom dungen inte var mer än ungefär tjugo gånger tjugo meter så gick det ganska snabbt att hitta den bästa platsen. Det var några buskar som skymde åt sidorna, ett träd som skymde bakåt, sedan var det

en fri gata fram till ett träd som stod ungefär fem meter bort.
De ställde sig med varsin kniv, tittade på trädet, försökte hålla
i knivarna på olika sätt. Sneglade mot varandra för att se hur
den andra höll i kniven och rörde armen. Ingen av de, vågade
egentligen kasta kniven, men tillslut så beslutade Peter sig.
Han höll andan, blundade, och sedan kastade han iväg kniven.
När han tittade upp igen så låg kniven några meter bort på
marken.

– Wow, snyggt kast, sa Krille.

– Tack, svarade Peter med ett självsäkert leende, fast han
  inte hade någon aning om hur kniven hade flugit.

Krille måttade med kniven och kastade även han. Den gick
snett och kort, men de blev ändå imponerade av hur coolt det
såg ut.

– Häftigt, sa Peter.

– Eller hur, sa Krille.

De gick med andakt och hämtade knivarna, gick sakta tillbaka
och ställde upp sig igen. Den här gången började Krille.
Kniven kom något längre men lika snett. Peter följde upp
med ett kast som var lika snett som förra gången, dock riktat
åt ett annat håll och dessutom något längre. Den här gången
tittade Peter på hela kastet. De fortsatte på samma sätt,
kastade, förundrades över hur häftigt det såg ut, sedan så gick
de och hämtade knivarna. Tillslut fick de in några få träffar på
trädet de siktade mot. Men kniven hade aldrig borrade sig in
i barken och suttit kvar. Båda började bli lite loja och less på
det hela. Även om det var förbjudet så var det inte roligt om
det enda de gjorde var att kasta knivarna på marken. De satte
sig och täljde på lite träpinnar som låg utspridda på marken.

– Vad gör vi nu då, frågade Peter.

– Jag vet inte, ska vi gå tillbaka, sa Krille.

– Kanske det.

De satt någon minut till förrän Peter sa.

– Vi kan fortsätta kasta kniv, men göra någon tävling av det.

– Hur menar du då.

Peter funderade och sa sedan.

– Vi kan ju försöka träffa av något, kanske göra en liten ring
att träffa i på trädet.

Krille nickade. De gick fram till trädet och dividerade ett tag
tills de kom fram till att de skulle göra en ganska stor ring,
även ninjor måste någon gång vara nybörjare. Knivkastningen
var återigen rolig, de kastade också märkbart bättre när det
var tydligt vart de skulle kasta. Krille var oftare nära ringen,
han var nästan alltid i närheten. Peter spred knivkasten rejält,
men han träffade trots det oftare i själva ringen. Därför var
det inte helt oväntat så att de båda tyckte att de var den klart
bästa knivkastaren. Peter förklarade att man aldrig kunde göra
mål i fotboll om man hela tiden sköt just utanför målet. Krille
i sin tur sa att man inte kunde spela i ett lag där passarna ibland
satt perfekt på foten, ibland sköts upp långt på läktaren.

– Men kan du inte bara erkänna att jag är bättre, sa Peter.

– Det blir ju svårt att göra när jag kastar mycket bättre än
dig, du turar ibland och träffar i ringen, men jag kastar
hela tiden bra, sa Krille.

De blängde på varandra.

– Då avgör vi det här nu då, vi kastar 100 kast var och sedan
ser vi vem som är bäst, sa Peter.

– Avgjort.

De försökte på olika sätt få den andra ur balans när han skulle
kasta, det var mycket nysningar, hostningar som råkade
komma just när kastet skulle komma. Men kasten kastades
och det var jämnt. Varför det var jämnt var helt enkelt för att
de var så dåliga på att träffa av, Peter fick en tidig träff men
missade sedan tills han fick två sena träffar, Krille fick tre

träffar i mitten och missade sedan alla kasten. Slutresultatet blev således tre träffar mot tre träffar. Båda såg sig återigen som segrare.

- Jag kastade ju mycket bättre än dig, sa Peter.
- Eller hur, varför lyckades du aldrig träffa ringen förutom på turkasten då, svarade Krille.
- Lyckades ju träffa tre kast, sedan var nästan hälften just bredvid och mest otur att jag missade.
- Du kan inte ha sett hur nära jag var i så fall.
- Jag skulle inte ens vara rädd om du kastade knivarna mot mig, så dåligt kastar du.
- Tror du jag skulle vara rädd för dina kast, du skulle ju aldrig träffa.
- Det skulle jag visst, om du bara vågade skulle jag visa dig.
- Det är ju du som inte vågar låta mig kasta på dig.
- Det gör jag visst.
- Eller hur, varför får jag inte göra det då.
- Det får du, om jag får kasta mot dig.

Det var så den mycket dumma idéen att kasta kniv mot varandra skapades. Eftersom de båda var tjuriga och dessutom fast i en konstig stolthetskamp så var det ingen som backade. De försökte båda få den andra att ge sig på olika sätt. Mitt i dungen bestämde de att kastbana skulle vara, de mätte sedan fram vart de skulle stå och kasta. Peter började bli rädd men tänkte "bara jag låter det här ta lång tid så hinner Krille förstå hur farligt det här är och ge upp". Men det verkade som att Krille tänkte samma sak. Tillslut fanns det inte så mycket mer att göra än att ställa upp för knivkastningen. De lottade om vem som skulle börja kasta och Peter fick den tveksamma äran att starta. Han ställde sig och började sikta, visste inte riktigt hur han skulle göra, han ville absolut inte träffar Krille så att han skadade sig, men Peter ville komma ganska nära så att Krille blev så rädd att han gav upp. Peter kastade ett försiktigt kast som inte ens nådde halvvägs.

– Oj vad rädd jag blir, sa Krille.

"Han ska få se nästa kast", tänkte Peter. Krille ställde sig och kastade, han nådde nästan ända fram till Peter, men kniven landade många metrar snett. När han hämtat kniven så var det Peters tur igen. Den här gången tog han längre tid på sig, ställde sig och siktade in sig. Peter förde kniven bakåt och kastade den i en perfekt båge, den singlade sakta genom luften och landade sedan mitt på Krille mage. Allt blev helt tyst. Kniven stack rakt ut i luften från magen, tröjan var uppriven. Båda tittade med stora ögon på varandra när det började komma rött blod på knivseggen. Krille kastade sig på marken och skrikgrät. Peter hörde paniken i hans röst när han sprang fram till honom.

– Förlåt. Hur känns det, sa Peter.

"Hur fan tänker jag, klart det känns förjävligt", tänkte Peter. Han visste inte riktigt vad han skulle göra men hade sett nog många actionfilmer för att inse att han behövde stoppa blödningen. Därför slet Peter av sig tröjan, tryckte den mot magen och satte sig på knä bredvid Krille. Det fladdrade förbi bilder för Peter, de föreställde hur Krille skulle dö i Peters famn, hur Krille skulle säga något tufft sista ord före han stängde ögonen. Peter vågade inte dra i kniven men han insåg att han var tvungen att kunna se själva såret för att kunna stoppa blödningen. Peter var egentligen rädd för blodet men då rädslan för Krilles död överskuggade allt var det bara att bita ihop. Peter rykte isär tröjan ännu mer för att kunna komma åt själva såret. Kniven föll ner på marken när han slet i kläderna. Krille som hade börjat övergå till gråt och snyftningar skrek då till i förtvivlan. "Vad fan har jag gjort, har jag dödat Krille", tänkte Peter. Det blödde fortfarande så det var inte så mycket att göra, Peter slet av Krille tröjan. Först vågade ingen av dem att titta på magen, de var båda rädda att det skulle vara inälvor som det brukade vara i alla filmer. När de tog mod till sig och tittade ner såg de först att allting bara var blod, det var en röd sörja på magen.

– Jag dör, hjälp mig, skrek Krille rakt ut i förtvivlan.
Krille hade börjat bli vit, Peter visste att det var ett tecken på att man håller på att förblöda.

– Jag springer och hämtar hjälp, stanna här, sa Peter.
Han insåg direkt när han hade sagt det hur dumt det var att uppmana Krille att ligga kvar, det var ganska uppenbart att Krille inte ens om han ville skulle kunna röra sig.

– Stanna kvar, jag är rädd, sa Krille.
Peter blev ställd, han förstod att han behövde hjälp, Krille behövde komma till sjukhuset. Men samtidigt var det svårt att lämna sin vän blödandes från ett stort sår i magen.

– Det är ingen fara, jag är här, jag lägger om såret sedan springer jag snabbt som vinden och hämtar dina föräldrar.
Peter böjde sig ned för att knyta sin tröja runt såret. När han försökte knyta tröjan så såg han att det inte var så mycket blod som det först sett ut som. Det var utspritt över ett stort område, men det var ett ytligt sår, inte mycket djupare än ett skrapsår man fick när man ramlade på grus. Det hade dessutom redan slutat blöda.

– Aj, hjälp mig, skrek Krille.

– Jag fixar det här, sa Peter.

– Nu försvinner jag, hälsa mina föräldrar att jag älskar dem.
Krille svimmade före Peter hann berätta att det bara var ett skrubbsår. Peter tog sin t-shirt och torkade av blodet. När blodet var borta så såg det verkligen ut som ett ofarligt sår, det var några millimeter djupt och hade en fin rak skäryta.

Efter några minuter så vaknad Krille till. Han ojade sig högljutt.

– Lever jag, sa Krille.

– Du lever, det är ingen fara med dig, det var bara ett litet skrapsår, det såg ut att vara mer blod än det egentligen var. Titta själv, så får du se, sa Peter.

Krille tittade ner och blev genast lugnare. Han låg kvar länge på marken, han visste inte riktigt hur han skulle bete sig. När han reste sig upp kände han knappt av såret. Han undersökte tröjan, det visade sig att kniven hade hängt kvar för att den hade fastnat i ett stort märke på tröjan.

– Förlåt, jag tänkte inte träffa dig, sa Peter.

– Det tänkte du väll visst, sa Krille.

– Eller det tänkte jag kanske, men jag ville inte göra det.

– Okey.

– Förlåt.

– Det är lugnt, det var min idé också.

De tittade på varandra och Peter kände en lättnad fylla kroppen. Krille började gråta och Peters tårar kom inte långt efter. Peter kramade Krille och de stod i flera minuter och bara grät och kramades. Peter såg hur gubben som försökt stoppa dem tidigare på gården cyklade förbi, han höll nästan på att cykla omkull när han såg Krille och Peter stå i bar överkropp och kramas. Gubben stannade cykeln och hoppade av, han tog några steg mot dem, men sedan tvekade han och hoppade upp på cykeln igen. Peter blundade igen och bara njöt över att Krille levde och var oskadad sånär som på ett litet skrapsår. Peter lovade sig själv dyrt och heligt att inte utsätta någon kompis för livsfara igen, i alla fall inte med mening. Efter att tårarna tagit slut så satte de på sig kläderna igen.

– Oj, vilket stort hål, sa Peter.

– Eller hur, undrar hur det kom dit, svarade Krille.

– Antar att du ramlade och fastnade i en gren.

De skrattade båda ett förlösande skratt. Panikkänslorna hade nästan helt lämnat kroppen, Krille skulle inte dö och Peter skulle inte ha dödat Krille. De satte sig ner på några stenar och försökte prata på som vanligt men samtalet gick trögt, de insåg nog båda att det som de nyss hade varit med om var mycket viktigare än hur duktig man var på att skjuta frisparkar i fotboll. Samtalet gick mer över till någorlunda allvarliga saker, Peter berättade om att han brukade skämmas inför tjejer, Krille berättade om hur rädd han var för mörkret. Det var som att de gick in på områden som de aldrig utforskat i samtal tidigare. Känslan var härlig för Peter, det var skönt att kunna berätta de saker som Peter inte vågade i vanliga fall för rädslan för att bli retad. Men nu växte det sakta fram ett samtal om andra saker.

– Krille, Peter, det är mat, ropade Lena högt ifrån gården.

– Vi kommer, ropade Krille till svar, ge oss bara någon minut.

De blev tysta igen, båda satt och tittade ner i marken. Peter vände upp huvudet och tittade på Krille, de nickade båda och reste oss upp. De gick med sakta steg mot trappuppgången.

– Ska vi säga att det var en gren, frågade Peter.

– Det kör vi på, svarade Krille.

När de kommit in så smög Krille in på toaletten och sköljde av knivarna. Peter stod utanför och höll vakt, när Krille gick ut viskade Peter.

– Kusten klar, ingen som ser dig.

Krille smög in till verktygslådan och la försiktigt ner knivarna.

– Jag råkade fastna i en gren när vi lekte i dungen, så tröjan gick sönder, sa Krille.

– Ojdå, hur gick det med dig, frågade Lena.

– Hur lyckades du med det, frågade Stefan.

– Vi lekte och sprang omkring i skogen, sedan snubblade jag till samtidigt som jag fastnade i en vass gren.
Krille visade upp hålet och det lilla såret på magen.

– Men oj, sa Lena, det här kunde du skadat dig rejält på.

– Men nu gick det bra, olyckor händer och jag har inte skadat mig, bara att glömma det, sa Krille.

Det kändes skönt att höra de orden för Peter, nu hade Krille förlåtit honom.

Kapitel 7

Det var en tidig höstdag där värmen hängde kvar i luften, det
gällde att njuta utav bara den för att snart skulle kylan komma.
Peter var med Göran och Eva i stugan. Han hade en viktig
fotbollsmatch senare under dagen, det var den avslutande
matchen i kommunseriens fjärdedivision och Mariehem
skulle vinna hela serien om de vann matchen. Då det var en
så pass stor dag för Peter hade han försökt hinta till både sin
mamma och till sin pappa om matchens betydelse under flera
dagars tid. Hans naiva förhoppning var att de skulle tagit in
budskapet och prioriterat så att Peter skulle komma i god tid
till matchen. Men det var som sagt en naiv förhoppning.
Göran hade absolut varit tvungen att klippa färdigt gräset före
de kunde åka in till stan. Han hade gått runt med den gula
oljedrivna gräsklipparen och klippt hela gräsmattan i sakta
takt. Göran hade också hunnit med andra saker såsom ett
längre samtal med närmsta grannarna, efter det gick han och
bytte ut en trasig bräda i lekstugan som stod i ett av hörnen
på tomten. Göran hade såklart varit tvungen att fixa brädan
direkt. Allt detta hade gjort att han var sen till lunchen. Men
trots tidspressen skulle Göran absolut ta ett dopp i sjön före
de kunde åka in till stan. Peter försökte förklara för honom
att de inte skulle komma till uppvärmningen i tid om han
doppade sig.

– Jag brukar alltid doppa mig före jag åker in till stan, sa
  Göran.
– Men ..., sa Peter före han avbröt sig själv. Det var kört att
  vinna mot Göran i den diskussionen. Hade han alltid gjort
  på ett sätt var det så man skulle göra, punkt slut.
– Det är ingen fara, sa Eva, det tar ju bara en kvart in till
  stan så vi hinner med god marginal.

Peter orkade inte ta diskussionen återigen. Trots att båda hans föräldrar kunde klockan så verkade de inte riktigt förstå konceptet tid. De brukade åka mellan stan och stugan ett hundratal gånger per år, det brukade ta ungefär tjugofem minuter. Även när Göran körde alldeles för snabbt så hade det aldrig tagit mindre än tjugo minuter, men eftersom det en gång hade tagit tjugo minuter så avrundade Peters föräldrar ned avståndet till stan till en jämn kvart. Alltså hade de gott om tid. Utöver föräldrarnas bristande tidsinsikt så var problemet att varken Göran eller Eva hade packat klart och att det var många småsaker som behövde fixas före de kunde åka från stugan. Eva satte sig som vanligt ned och läste medan Göran gick ut och badade. Peter insåg att om han skulle ha en chans att bara bli lite sen till uppvärmningen så var han tvungen att fixa det mesta själv. Så han packade ihop sina saker, ställde dem på farstun bredvid fotbollsskorna. Sedan så packade han ihop de saker som han visste att hans mamma och pappa var tvungna att ta med sig hem. Göran hade en badrutin som tog ganska lång tid, men eftersom det var en rutin gick den inte att ändra på. Tillslut stod han och torkade sig på verandan, glatt visslandes.

– Mamma kan du packa in sakerna som står i farstun i bilen, frågade Peter.

– Absolut. Ska bara läsa klart den här sidan, svarade hon.

– Men kom ihåg fotbollskorna, de ligger i vita plastpåsen framför min ryggsäck, glöm inte dem.

– Okey.

Efter det så tömde Peter soporna och ställde dem vid bilen, sedan gick Peter runt och plockade in verktygen i boden, låste både boden och matkällaren. Eva hade under tiden packat in i bilen. Peter tittade sig omkring och nu verkade det som att allt var klart för att kunna åka in till stan. Peter tittade på sitt armbandsur och tänkte "flyter allt perfekt blir jag bara fem minuter sen till uppvärmningen".

— Det här gjorde vi bra, sa Göran och tittade på klockan.

— Vad var det jag sa, nu hinner vi till uppvärmningen, det är ju bara en kvart in till stan och vi har tjugo minuter på oss, sa Eva.

Peter valde att inte invända utan gick och satte sig i bilen. Göran satte sig som vanligt bakom ratten och de åkte iväg.

— Jag slår igång lite svängig musik, sa mamma.

Peter hade inte kallat musiken svängig, men det var inte musiken i sig som var det jobbiga, det var att Eva försökte sjunga med i låtarna. När hon inte kunde orden mumlade hon lite lågt med, när hon väl kunde någon del av texten så sjöng hon desto högre för att kompensera. Då hon varierade ljudnivån så mycket gick det inte att koncentrera sig på något annat, trots att Peter försökte drömma sig bort så ryste han till varje gång som Eva sjöng upp. Det enda positiva med Evas sång var att den tog bort lite fokus från Görans bilkörning. Att åka bil med honom var inget för den som hade klena nerver. När de just kommit upp på stora landsvägen så hamnade de bakom en traktor vilket faktiskt stressade upp Göran, för även om Göran var oförmögen att bli stressad kring bestämda tider så började han svettas direkt han var tvungen att köra under hastighetsbegransningen.

— Men flytta på dig, sa Göran indignerat.

— Ta det lugnt pappa, den blinkar ju så den ska svänga in på avfarten där framme, sa Peter.

Det argumentet bet inte på Göran, han gasade istället på och svängde ut trots att det både var uppförsbacke och kurva. När deras bil var halvvägs förbi traktorn så kom det en bil runt kröken. Det fanns bara en rimlig sak att göra, tvärbromsa och lägga sig bakom traktorn igen. Men det fanns också en orimlig sak att göra. Göran gasade således på samtidigt som Peter krampaktigt sträckte fram armarna mot stolen framför sig för att kunna rädda sig mot krocken som var på väg. Men både traktorn och den mötande bilen verkade se vad som höll på att hända så båda tvärnitade vilket gjorde att Göran kunde svänga in just framför traktorn. Det tog ungefär en sekund från det att de hade svängt in till att den mötande bilen passerade dem.

– Vad var det jag sa, det var ju ingen fara, sa Göran.
Peter var för skärrad för att prata så han satt bara tyst. Eva verkade också påverkad för hon hade hållit upp med sången under några sekunder, men hon tog snart upp skrålandet igen.

– Just ja, sa Eva, jag har rättat några prov under helgen som jag tänkte lämnat på jobbet och ta hem några nya som jag ska rätta. Ni kan lämna av mig på skolan så kan jag dessutom passa på att handla på vägen hem, min cykel står där redan.

– Kan du inte lämna av mig först pappa, frågade Peter.

– Det ligger ju på vägen, det är ingen fara, sa Göran, dessutom har vi gott om tid.

Evas arbete låg inte alls på vägen, det skulle ta minst fem minuter extra. På vägen in till stan gjorde Göran tre omkörningar till, en gjorde han inne i ett tätbebyggt område, en gjorde han genom att köra över en heldragen linje, men den sista var faktiskt en helt regelrätt omkörning som inte ens en körskollärare skulle ha kritiserat. De kom fram till mammas skola.

– Oj, måste varit mycket trafik, det tog över tjugo minuter in till stan idag, sa Eva.

– Det var den där traktorns fel, den sinkade oss, sa Göran.

– Det var otur att vi hamnade bakom den, sa Eva.

–   Eller så kanske det tar länge än en kvart att åka in till stan,
     mumlade Peter.

Eva tog sin väska samt en vit plastpåse ur bagageluckan och
gick sedan in på skolan. Det var något som kändes fel men
Peter kunde inte riktigt sätta fingret på det. "Jag kanske bara
är skärrad över omkörningarna som pappa gjorde", tänkte
Peter och försökte släppa känslan. De åkte iväg och Göran
körde lika vårdslöst som vanligt, det som räddade dem var att
andra bilister gjorde allt i sin makt för att undvika att krocka.
Även om det var Göran som så uppenbart var den som bröt
mot trafikreglerna i varje situation så var viljan att inte krocka
så pass stark att de andra bilisterna antingen bromsade eller
vejde av. Den där gnagande känslan av att något var fel kom
tillbaka när vi hade kört några minuter.

–   Kan du köra in här på parkeringen, sa Peter.

–   Varför det, frågade Göran.

–   Jag tror att mamma fick med sig mina fotbollsskor sa
     Peter.

Peter hoppade ur bilen före den helt hade stannat, sprang bak
och öppnade bagageluckan. Mycket riktigt hade Eva tagit fel
plastkasse, det låg förvisso en vit plastkasse där, men den var
fylld av kemiprov och inte Peters fotbollsskor. Han hade lagt
fotbollskorna i en vit konsumplatspåse. Tyvärr hade Eva en
likadan plastpåse till sina skolelevers kemiprov.

–   Pappa, mamma tog fel kasse, vi måste tillbaka och hämta
     skorna på hennes arbete.

–   Det var otur, sa Göran, först traktorn sedan tar mamma
     dina skor, det verkar som att vi inte hinner i tid till
     uppvärmningen trots allt.

–   Vi måste köra dit och hämta dem, sa Peter.

–   Okey.

Den här gången var Peter nästan glad över att hans pappa
körde som en biltjuv. Men när de kom tillbaka så såg Peter att
Evas cykel var borta.

– Fan, fan, fan, sa Peter.

– Vad är det, frågade Göran.

– Cykeln är borta, hon har redan hunnit cykla iväg, sa Peter.
Eftersom det var på tiden före mobiltelefonerna så var det
inte så mycket att göra, hon gick inte att få tag på. Peter tänkte
över möjligheterna, antingen skulle de chansa att köra till
konsumbutiken hon brukade handla på eller så var de tvungna
att fixa fotbollsskor på annat sätt.

– Har du något par extra fotbollsskor, frågade pappa.

– Nej det har jag inte, sa Peter. jag har ju sagt till dig flera
månader att skorna är trasiga och att vi behöver köpa ett
par nya, jag har till och med prövat ut dem jag vill ha. Men
du har ju aldrig tid att följa med.

– Då gör vi så, sa Göran.

– Gör vad?

– Köper nya.

– Men det hinner vi inte.

– Ingen fara, vi snabbar oss så märker knappt någon att du
är sen.

De åkte till sportaffären där Peter hade prövat ut skorna. Den
låg nästan på vägen så med lite tur kanske Peter skulle hinna
till matchstarten i alla fall. På parkeringen var det en
övningskörare som försökte parkera på en parkeringsplats
som låg närmast ingången till butiken, han körde i krypfart
fram mot platsen, backade lite för att justera vinkeln. Just när
övningsköraren stannat för att köra in kom Göran körandes
och såg till sin stora glädje en ledig parkeringsplats just
bredvid ingången.

– Perfekt, vilken tur vi har, sa Göran.

– Men det verkar ju som att den där bilen höll på att ta platsen, sa Peter.

– Nejdå, han backade ju nyss ut.

Bilen med övningsköraren bromsade in när Göran snabbt svängde in på hans plats.

– Vilken galning, han höll på att köra på mig, ibland undrar man hur vissa kan ha fått sitt körkort.

De klev ur bilen och gick med raska steg in i butiken.

– Kolla Peter, det är rea, sa Göran.

– Vi hinner inte, sa Peter och blängde så argt han kunde på Göran.

Den här gången gick det faktiskt, Göran gick förbi hela alla saker som var på rea och följde istället efter Peter till skohyllan. En sak som Göran älskade var rea, eller "röd lapp" som han sa det. Vad det än var som var på rea så ville han köpa det. Gick han till affären för att köpa en falukorv kom han istället hem med tre strömmingar om det var på rea, spelade ingen roll om två slängdes för att de blev gamla, Göran hade gjort en bra affär som han var nöjd med. Barnen hade många gånger försökt få honom att inse att det inte var en bra affär om man köpte saker man inte behövde, eller ännu värre om man köpte saker som sedan de var tvungna att rensa ur kylskåpet för att de blivit gamla. Men det spelade ingen roll, i de flesta frågor hade Göran en bestämd uppfattning som inte gick att ändra på, att det alltid var en god affär att köpa saker på rea var en av dem. Peter gick och plockade fram rätt storlek av rätt modell.

– Den här vill jag ha, sa Peter.

– Det blir bra, sa pappa, och spanade sig omkring.

– Vad kollar du efter, frågade Peter, ska vi inte gå till kassan?

– Snart, ska bara pruta ned priset litegrann.

Utan skam i kroppen kunde man pruta utav bara den, det hade Peter lärt sig utav sin far. Göran lyckades hitta en ung försäljare som han gick fram till.

– Jag skulle vilja ha rabatt på de här skorna, sa Göran.

– Jaha, sa försäljaren.

– Tänkte mig ungefär 30 procent.

– Jaha, varför det då.

– Jag kände förra ägaren och han brukade alltid ge mig bra rabatt.

– Kände du Ove.

– Absolut, Ove och jag kände varandra. Som sagt, vad kan du ge mig för rabatt.

– Jag brukar inte ge kunder rabatt, dessutom får jag bara ge kunder 20 procents rabatt utan att prata med någon chef.

– Bra, då kör vi på det, sa Göran, ska du skriva på något papper eller ska du följa med och säga det till dem i kassan.

Försäljaren stod något häpen och visste inte vad han skulle svara.

– Jag kanske kan skriva det på prislappen.
Försäljaren verkade knappt hänga med i vad som hände. Man märkte att han inte var van vid situationer där folk mer eller mindre gav sig själva rabatt på fotbollsskor. Men Göran var nöjd över sin rabatt.

– Hur kände du Ove, frågade Peter när de satt sig i bilen.

– Vilken Ove, sa Göran.

– Han du pratade om nyss.

– Jag känner väll ingen Ove, nu har du virrat till det.

– Glöm det.

De kom fram med några minuters marginal till matchstart.

– Otur att vi kom sent, om det inte hade varit för den där traktorn och sedan fotbollskorna så hade vi garanterat varit i god tid, sa Göran.

– Alltid är det något, vi kanske ska testa att vara ut i god tid nästa gång, sa Peter.

– Det har du rätt i, vi var ju ute i riktigt god tid så det var inget vi kunde göra.

Peter öppnade dörren och hoppade ut just då bilen stannade till. Han sprang med fotbollskorna i handen mot samlingen. Han fick ögonkontakt med tränaren som bara skakade på huvudet och pekade mot klockan med en besviken min.

– Förlåt, sa Peter.

– Du måste skärpa dig, det är respektlöst att komma sent, sa tränaren som var Kristoffers pappa Stefan.

– Jag vet.

– Om du verkligen vet det, varför ser du då inte till att komma i tid?

Peter tänkte först skylla på sin far, vilket vore det rätta och ärliga, men insåg att det bara skulle låta som en dålig ursäkt.

– Men aja, värm upp med de andra, sedan kan du springa runt några minuter på gräsmattan tills du är varm så är du klar att spela sedan.

– Tack.

Peter satte på sig fotbollskorna och sprang sedan bort till sina lagkamrater. De körde en enkel passningsövning som han lätt kunde glida in i. Han fick ett papper i handen av Stefan. Varje år hade de en intern skytteliga i laget, det var helt enkelt så att Stefan skrev upp vilka som gjorde mål och sedan hade han i slutet av varje år så gett priser till de tre som hade gjort flest mål. Det var ganska jobbigt för de sämsta spelarna i laget som aldrig gjorde mål och eftersom Stefan gav ut papper där det stod hur många mål varje person hade gjort årligen så var det tydligt utlämnande vilka som aldrig hade lyckats göra ett enda mål under de här åren. Kristoffer hade vunnit skytteligan de tre år som de hade spelat i kommunserien vilket troligen var anledningen till Stefan stora entusiasm för listan. Det stod att Kristoffer hade gjort 14 mål vilket var ett mer än Peter, detta trots att Krille hade spelat en match mindre. Reglerna var att hamnade två spelare på samma antal mål vann den med färre matcher, så därför var Peter tvungen att göra två mål mer än Kristoffer för att vinna skytteligan. På tredje plats kom Per som hade gjort tio mål. Peter sneglade bort mot Stefan cykelkärra där det låg ett stort paket och sedan två små paket. Det stod med tydligas siffror 1,2,3 på de tre paketen. Stefan brukade köpa något dyrt och fint till sin son och sedan ge något litet till de som kom tvåa och trea. "Det är säkert ett Nintendo i det stora paketet, Markus sa att han kanske skulle få det av sin pappa", tänkte Peter. De nya fotbollskorna skavde lite men Peter kände ändå att det var någon speciellt med dem. Det kändes lite konstigt när han tog emot bollen, men det var konstigt på ett bra sätt, ungefär som att det var lättare att ha kontroll på bollen. Hela hans fotbollsförmåga blev förhöjd. "Wow, jag kanske kan göra två mål mer än Krille idag och vinna skytteligan i år" tänkte Peter. Övningen tog slut och laget samlades. Tränaren visade upp vilka som skulle vara i de olika bytena. Kristoffer och Peter skulle vara anfallare i första kedjan men eftersom Peter inte hade värmt upp färdigt fick Per ta hans plats när kedjan skulle spela första gången. När de andra ställde upp för avspark så sprang Peter iväg till den lilla gräsmattan bredvid där han sprang fram och tillbaka så snabbt han kunde några minuter. Efter det gick han flåsandes tillbaka till grusplanen där de spelade. Han kände sig redo, fotbollskorna glödde, bena var fulla av fart. Sedan blev det inkast och byte, Peter sprang in allt va han kunde och lyckades ta bollen från en motspelare. I hans huvud såg det ut som en proffsmatch där han lyckades läsa en passning på ett briljant sätt. Men egentligen hade motspelaren sett en daggmask som han böjde sig ned för att ta upp. Peter gled vidare mot mål och sparkade bollen allt han hade, den gick rakt på en motspelares smalben och sedan tillbaka på Peters ben, utan att han eller motspelaren förstod hur så hade bollen studsat så att Peter helt plötsligt var fri med målvakten. Han var iskall och tänkte skjuta in bollen i vänster kryss. Han sparkade till bollen men målvakten hade läst honom och kastade sig åt det håll Peter hade siktat. "Fan", hann Peter tänka. Men eftersom Peter hade fått en rejäl felträff så studsade bollen lågt till höger in i mål.

Matchen följde ett ganska enkelt mönster, en spelare i ena laget tjongade bollen så långt han kunde mot motståndarnas mål, sedan sprang alla i en klunga till där bollen studsade, den som hann först försökte tjonga den antingen vidare eller åt motsatt håll beroende på vilket lag han tillhörde. I ärlighetens namn var det ofta så att någon blev exalterad och råkade tjonga bollen mot det egna målet. Halvleken tog slut och det blev taktiksnack från Stefan.

– Bra spelat, nu gäller det bara att vi alla fortsätter kämpa, kom ihåg, ni är mycket bättre än de här kärringarna, de är rädda för er och nu ska ni ut och köra över dem. Fortsätt springa, ingen minns en förlorare. Kom igen nu grabbar.

Hela laget hade vant sig att det var ganska hårda ord när Stefan peppade, han trodde hårt på att rädslan var den bästa motivatorn. En sak var säker, ingen i laget vågad göra annat än att springa så mycket man orkade. Nackdelen var att spelförståelsen var så dålig att ungefär hälften av alla löpningar togs åt helt fel håll. Andra halvlek började i ett rasande tempo, hela Peters lag sprang och sprang. Efter några minuter lugnades tempot ned och klungan runt bollen rörde sig återigen i ett lugnare tempo. Peter såg att Göran började bli mer och mer rastlös, han hade aldrig haft tid att se en hel match som sonen spelade. Göran brukade alltid ropa och peppa Peter när han väl var med på matcherna, och ju mer stressad han var desto mer försökte han ropa åt Peter. När Peter sprang in på planen för matchens sista byte så såg han i ögonvrån hur Göran stod och vaggade på det där sättet som han gjorde när han ville göra något annat. När klungan befann sig halvvägs in på Peters lags planhalva så fick Peter tag på bollen.

– SKJUT PETER, hördes Göran skrika rakt ut allt vad han kunde.

Det var ett så pass högt och oväntat skrik att alla spelarna, ledarna och föräldrarna stannade upp och vände sig mot Göran. Alla utom en. Eftersom Peter hade haft ett livslångt träningsläger i att anpassa sig till sin fars konstiga beteenden så reagerade han inte som de andra, han spelade helt enkelt på. Så han tjongade iväg bollen och sprang mot motståndarnas mål. När de andra förstod vad som höll på att hända så var Peter redan fri med målvakten. Peter gjorde samma sak som förra gången, han siktade i vänster kryss och tog i allt vad han kunde. Den här gången flög bollen i en fin båge exakt där Peter hade siktat. Han sprang jublandes tillbaka mot lagkamraterna som var glada men något konfunderade. Matchen tog slut och lagen ställde upp sig för att tacka varandra efter matchen. När de gick till omklädningsrummet så insåg Peter att han hade vunnit skytteligan.

– Bra spelat idag, vi vann på ett bra sätt, sa Stefan. Vi vann fjärdedivisionen och nästa år ska vi nog spela i tredjedivisionen.

Han fortsatte berätta lite om vad laget hade gjort bra och hur de skulle träna ännu mer för att bli bättre nästa år. Sedan kom han in på det som Peter hade väntat på.

– Sedan så har vi ju det här med skytteligan. Det här året har vi en ny vinnare, Kristoffer kom bara tvåa i år och jag skulle därför vilja gratulera Peter.

Peter ställde sig upp och fick applåder från de andra i laget.

– Jag har köpt pris till de tre första i skytteligan, så även Kristoffer och Per ska få komma upp.

De kom upp och ställde sig bredvid Peter.

– Men mål är inte allting, det viktiga är att vi vinner. Och har roligt, såklart. Så ni andra ska inte vara ledsna, alla är viktiga.

Stefan gick och hämtade priserna.

– Här får du Per, sa Markus pappa och överlämnade det lilla paketet som hade siffran tre på sig.

De skakade hand sedan gick han vidare till Kristoffer.

– Här får du Kristoffer jag är stolt över dig.

– Tack.

Han gav även Kristoffer ett litet paket. Sedan gick han och hämtade det stora paketet, alla kunde se att Stefan var obekväm i det här, han hade köpt något som egentligen skulle vara en stor present till sin son, men istället skulle Peter få den.

– Grattis Peter, en stor applåd, sa Stefan och skakade handen med Peter.

Peter tackade snällt och slet sedan upp omslagspapperet.

– Wow, ett Nintendo, sa Peter.

Lagkamraterna fick stora ögon, det var inte många som hade Tv-spel och den modulen Peter hade fått hade just kommit ut på marknaden. Peter tittade bort mot Kristoffer och såg hans besvikelse när han stod där med ett paket hockeybilder. Efter ett tag när några lagkamrater och föräldrar hade börjat droppa av så sa Peter till Kristoffer.

– Det känns lite fel, tror egentligen att din pappa köpte det här för att du skulle få det av honom, inte för att vara snäll mot den som vann skytteligan.

– Tror du inte jag förstått det jag med, sa Kristoffer.

– Jo.

Båda satt tysta och tittade ner i golvet.

– Det skulle kännas bättre för mig om du fick det, sa Peter. Kristoffer tittade tveksamt på Peter.

– Menar du det.

– Ja det gör jag, det var din present och du borde få den.

– Tack, sa Kristoffer med ett stort leende.

På vägen hem så försökte Peter förklara för Göran varför han hade valt hockeykorten istället för Tv-spelet. Men det spelade ingen roll hur många gånger han förklarade, Göran kom ända till slutsatsen att "Vet du inte hur dyrt ett sådant där Tv-spel är, jag tror trots allt att du har sagt att du gjorde ett dåligt byte". Peter öppnade munnen för att en än gång förklara för Göran att det inte var värdet på sakerna som gjorde att han bytte, det var hans vänskap till Kristoffer samt att det kändes fel när Stefan egentligen hade köpt det till Kristoffer. Men Peter insåg att det var ett alldeles för långt resonemang för att Göran skulle kunna hänga med, han lutade sig tillbaka och lät istället insikten att han hade vunnit skytteligan sjunka in.

Kapitel 8

Det var på den gamla goda tiden, VHS-spelarnas tid. Man bandade filmer som gick på TV, filmerna var i sisådär kvalitet redan från början, när man sedan spelade in dem blev inte färgerna starkare och kontrasterna blev inte tydligare. Men det var high-tech då, och kära läsare glöm inte att troligen så kommer du att skratta åt dagens tekniska uppfinningar om ett tjugotal år. Men nu till själva berättelsen.

Hamid var med Peter hemma hos honom och de skulle se på film, det var en regnig lördag och Göran hade godkänt filmtittande som eftermiddagsnöje. Troligen berodde det på att han ville arbeta och han visste med sig att film hade en tendens att skapa barn som inte störde så mycket. Glad i hågen satte Peter in videokassetten i VHS-spelaren, han slog på Tv:n och gick sedan och satte sig i soffan. Bilden flimrade fram, men inget ljud hördes. Det var komiskt att se en actionrulle utan ljud, eller snarare tragikomiskt, man såg hur dåligt skådespeleri som låg bakom de inledande fightingscenerna. Peter och Hamid försökte trixa på olika sätt, stänga av och sätta på Tv:n samt VHS-spelaren, dra ur och sätta i sladdarna, men efter att de testat allt detta så insåg de att deras maxnivå var nådd, de behövde vuxenhjälp. Som tur var hade Göran inget problem med att avbryta sitt arbete för att laga VHS-spelaren, han fick trots allt stå i centrum. Men det visade sig ganska snabbt att Görans initiala lagningsförsök bara var upprepningar av det som redan hade testats. När han testat alla kablar och stängt av allt möjligt så såg det först ut som att han tänkte ge upp, men efter några sekunders hummande så gick han ut till snickarboden och hämtade en skruvmejsel. Göran gick direkt på vad han tyckte var felet –

själva hålet där man stoppade in VHS-banden. Peter fick hålla i en ficklampa för att lysa upp för Göran när han skruvade på de saker han kom åt. Efter några minuter så sa Göran

– Nu har jag lagat den, du kan stänga av ficklampan.

– Tack pappa, men är du säker på att du lagat den, frågade Peter.

– Jag har fixat den, men har vi otur så fungerar den ändå inte, då får vi byta den till en fungerande VHS istället.

Göran satte samma film som tidigare, problemet var inte längre bara ljudet, nu var problemet att VHS-spelaren inte ens spelade bandet. Göran tryckte på ON-knappen upprepade gånger samtidigt som han muttrade något om att de nya apparaterna inte var lika hållbara som tidigare, detta trots att det var familjens första VHS-spelare. Han öppnade igen luckan och lyste in med en ficklampa.

– Jaha, var det inte svårare än så, sa Göran och tog tag i skruvmejseln igen.

Efter några minuter av precisionsskruvande så log han stort.

– Nu fungerar den, sa Göran märkbart nöjd med sig själv.

– Vi får se, sa Peter och sträckte sig efter fjärrkontrollen. Som Peter hade väntat sig, och tvärtemot vad Göran väntat sig, så fungerade inte videospelaren alls.

– Men vad i helvete, det måste vara något fel på den, sa Göran upprört.

– Det tror jag med, undrar varför det, sa Peter.

– Måste vara felbyggd, sa Göran utan att märka Peters antydan.

– Hur löser vi det här då, frågade Peter.

– Vi åker och lämnar tillbaka den, vi måste såklart få en ny videospelare då den gamla inte var hel, sa Göran.

Peter tänkte först börja diskutera om de verkligen kunde byta den nu när de skruvat i den, men han tystnade eftersom Göran aldrig ändrade sig och att Peter dessutom ville ha en fungerande VHS-spelare. Att Göran alltid fick som han ville det var något som nästan varit en naturlag i Peters liv. De satte sig i bilen och började åka till affären där de köpt VHS-spelaren för ungefär ett halvår sedan. Som tur i oturen visade det sig att Göran faktiskt hade med sig kvittot, det gjorde Peter lättad då han upplevt många gånger då hans far försökt byta något utan att ens ha med sig kvitto. Till Görans försvar ska sägas att han faktiskt ofta lyckades byta både det ena och det andra utan att ha kvitton med sig. Det var sådana tillfällen då Peter både kunde skämmas och vara stolt över sin far, för Göran lyckades med saker som borde vara omöjliga. Så när de nu svängde in på parkeringen så var det med skräckblandad förtjusning som Peter klev ur bilen. Det var en smockfull parkering, det var första köpcentrumet I Umeå som låg utanför stadskärnan. Köpcentrumet var byggt med två rader av affärer som stod i vinkel mot varandra. I hörnet där butikerna möttes var det ett litet betongtorg, annars var det bara bilar överallt. Affären det gick in på var stor, den var känd för att vara välsorterad och för att personalen var kunnig. Det stod alla möjliga varor efter väggarna, alltifrån radiobandspelare till dammsugare och VHS-spelare. Göran stannade upp och tittade ut över butiken före han med VHS-spelaren under armen gick rakt mot en ung anställd.

– Hej, kan jag hjälpa er med något, sa den unga anställda.

– Det kan du göra, jag ska byta den här VHS-spelaren, den har gått sönder, sa Göran.

– Vad tråkigt, det ska jag hjälpa dig med, sa killen.

– Vad bra, vart hämtar jag en ny, frågade Göran.

– Vi måste bara kolla vad det är för fel på den så ska du få
en ny när vi ser att felet beror på vanligt slitage, sa killen.

– Snabba på bara, jag har annat att göra, sa pappa och räckte
över VHS-spelaren.

– Absolut.

– Killen visade dem vägen till kundservicedisken där han
ställde sig och började undersöka VHS-spelaren.

– Vad är det för fel på den, frågade han.

– Det går inte att se några filmer länger, svarade Göran.

– Vad menar du med att det inte går att se.

– Det kommer varken bild eller ljud.

– Okey.

Killen kopplade in VHS-spelaren och såg då också att det inte
gick att spela några videoband. Han verkade nästan klar med
sin undersökning då han hajade till för något.

– Vad är det här, frågade han.

– Vad då för något, sa Göran.

– Det här, det ser ut som att någon har förstört VHS-
spelaren med flit.

– Hörrudu lilla killen, nu är det så att jag för att vara snäll
försökte laga den där trasiga VHS-spelaren, nu ska inte du
komma och försöka vara uppnosig genom att säga att det
var att förstöra den.

– Det var inte meningen att vara otrevlig, men garantin
gäller inte om man själv förorsakar någon skada, det står
tydligt att det bara är behörig personal som får skruva i
den spelaren om garantin ska gälla.

– Men nu är det så att jag råkar kunna den här spelaren, den
var trasig men inte ens jag kunde fixa den.

– Tyvärr, men jag kan inte lämna garanti på den här.

– Det var tråkigt, då tycker jag att du får hämta din chef så
får vi se vad han säger om det här.

– Det kan jag göra.

Göran började bli uppretad, Peter såg hur han andades tungt
och Peter kunde nästan känna hans frustration ut i rummet.
Som tur var hade Göran hunnit lugna ner sig när chefen kom.

– Är det du som är chefen här, frågade Göran.

– Det är jag som är butikschef här, sa chefen.

– Då kanske du kan hjälpa mig, jag får inte byta den här
VHS-spelaren för en av dina anställda.

– Han förklarade varför, att det var för att det var märken
efter en skruvmejsel eller något liknande och att du erkänt
att du hade försökt laga den.

– Det var det fräckaste, att jag skulle ha erkänt något, det
låter som att jag hade gjort något fel. Jag var snäll mot er
och försökte laga den, trotts detta så gick det inte. Så nu
vill jag ha en ny. Erkänt, det var det fräckaste att säga att
jag hade erkänt...

– Tyvärr min herre, men det är reglerna.

– Säger reglerna att ni ska stå här och anklaga mig för massa
dumheter när det är uppenbart att jag bara försökt vara
snäll mot er. Jag som varit här och köpt sak efter sak, nu
händer det här, tror ni att jag bara kan accepteras att bli
behandlad på det här sättet.

– Det är inte meningen att behandla dig illa.

– Men det är ju just det ni gör, jag har sällan varit såhär
provocerad, det är skandal.

När Peter såg Hamid stå där med stora ögon kände han att
det var dags att gå och titta på några av de nya TV-
apparaterna. Han drog med sig Hamid som motvilligt följde
med. Under tiden som de gick runt bland TV-apparaterna

spenderade de mer tid med att titta på Göran och chefen än vad de tittade på själva tv-apparaterna. Efter några minuters diskussion gick chefen bort från deras samtal. Peter föreslog Hamid att de skulle gå utifrån butiken, han insåg att om Göran inte hade fått som han hade velat så skulle han snart ställa till en stor scen. De stod utanför butiken och väntade, tittade på personer som gick förbi, skämtade om lite allt möjligt. Då kom Göran gåendes ut från butiken visslandes och bärandes på en stor förpackning. Peter läste "VHS-spelare" på utsidan av förpackningen. Det verkade dessutom som att Göran lyckats reklamera till sig en ännu nyare och bättre spelare. Peter visste inte hur det hade gått till, men någon sorts stolthet tändes i hans bröst.

Kapitel 9

Det var en sån där härlig vårdag i slutet på Maj, solen sken och det började bli nog varmt för att ta fram shortsen. Peter och Krille gick planlöst runt på Mariehem. De hade varit i Mariehems centrum, där Konsum och ICA stod bredvid varandra och kämpade så sakteliga om kunderna, kunderna var för få för två butiker, det var bara en tidsfråga förrän en av affärerna skulle lägga ned, men det visste de inte då. De hade sedan gått förbi Hamid för att se om han var hemma, men ingen öppnade när de plingade på så de styrde istället kosan hem mot Peter. Det hördes fågelkvitter och de såg en mamma hjälpa sin son att ta sina första tramptag på en trehjulig cykel. Det var helt enkelt en sådan där dag som man minns att barndomen bestod av. När de kom hem till Peter tog de en fotboll och gick ut och sköt lite straffsparkar. Men det var tråkigt det med, de ville göra något mer spännande. De gick därför in i snickarboden och kollade om de kunde hitta något. Peter såg en gammal burk med målarfärg som Göran hade låtit honom använda till att måla lite leksaksvapen. Den hade blivit över i stugan så Göran hade sagt att Peter fick använda färgen som var kvar.

— Ser du burken där, det är min, jag får använda den till vad jag vill, sa Peter.

— Häftigt, sa Krille, vad har du använt den till?

— Målade alla gevär som vi har när vi leker krig.

— Bra gjort.

— Tack.

Det kändes som att Peter var något på spåren. Han höll på att öppna munnen men så kom han av sig och stängde munnen igen, efter lite mer betänketid så sa han tillslut

— Den här borde vi kunna använda till något.

– Eller hur, jag tänker samma sak.

– Frågan är bara till vad.

– Kanske måla något häftigt?

De började fundera över vilka saker de kunde måla, det var så mycket möjligheter, Peter kände hur han började andas allt häftigare.

– Vi kan göra något att sälja, ungefär som de där häftena vi sålde för två kronor styck, det blev ju skitmycket pengar, och dessutom var det knappt något jobb med dem, sa Peter.

– Just det, det var ju aslyckat, vi fick ihop nästan femtio kronor var.

De hade några veckor tidigare insett att grannarna hade en svaghet för små killar som sålde saker som de själva hade tillverkat. De hade därför gjort väldigt otympliga block som de sedan sålde. Blocken hade de gjort genom att lägga ett trettiotal A4-papper på varandra, sedan så hade de klippt dem i små rektanglar som de i sin tur häftade ihop. Efter det var det bara att gå runt och ringa på alla dörrar i området. Många hade tyckte det var en rolig idé och köpt av den anledningen, några hade känt sig pressade och köpt av den orsaken, men resultatet hade i alla fall blivit nästan ett hundra kronor.

– Men vad ska vi göra, något som är bra att ha, lika bra att ha som de där pappersblocken vi gjorde, sa Peter.

– Det kan bli svårt att komma på något lika bra, men vi måste försöka, sa Krille.

– Kanske kan sälja något snyggt att ha på bordet.

– Ja, vi kan måla några snygga träbitar.

– Vi väljer bara ut de snyggaste vi har i boden, nästan alla kommer säkert att vilja ha en sådan hemma, vi har massa prydnadssaker hemma överallt. Många som är fulare än målade träbitar.

– Vuxna verkar gilla det, klart att alla kommer att vilja ha de här sakerna.

Eftersom Göran hade en patologisk förmåga att spara allt som teoretiskt sett gick att använda gjorde att han hade sparat massa små brädstumpar som blivit över. De ingick tydligt i kategorin "bra att ha", som innehöll alltifrån dessa brädbitar till spikar som hade dragits ur brädor och inte var nog fräscha att läggas tillbaka till spiklådan men inte heller var nog böjda för att kasseras helt. Därför gick de nu igenom den lilla brädhögen med överblivna stumpar. Efter mycket om och men så hade de hittat fyra brädor som de tyckte passade utmärkt till att göra prydnadssaker utav.

– Perfekt, sa Peter.

– De här kan vi säkert göra skitsnygga, sa Krille.

De tänkte först måla inne i snickarboden men insåg att det var något begränsat utrymme. Efter lite betänketid kom de sedan på att gräsmattan var rätt ställe att hålla på med målarfärg. De hittade varsin pensel, en lite mer erfaren prydnadsmålare skulle nog ifrågasatt deras penslar som vanligtvis användes till att måla husväggar, men Peter och Krille ville bara få färg på träbiten så att den skulle gå att sälja. Då Göran tyckte att det var viktigt att barnen var med och hjälpte till med lite allt möjligt så hade Peter förra året varit med när de målade om stugan så nu fick Peter stråla under några sekundär när han vant visade Krille hur man öppnade en färgburk på bästa sätt.

– Snyggt, du verkar kunna det här med att måla, sa Krille.

– Jag har hållit på ganska mycket, hjälpte till när vi målade om stugan, sa Peter.

Peter nämnde dock aldrig vad han hade hjälpt till med. För i Görans pedagogik gällde det bara att låta barnen vara med i sammanhanget. Att vara med och verkligen måla var det inte tal om. Man kan ifrågasätta hur barn lär sig måla genom att bära färgburkar, öppna färgburkar, hålla i stegar som folk stod på, fylla på vattenflaskorna, kort och gott göra allt tråkigt arbete som inte krävde någon tankeförmåga. Men Göran var övertygad om att det gällde att "börja i tid". Trots Görans bristande pedagogik vid husmålningen så fik Peter i alla fall sina tio sekunders strålglans inför Krille. Deras fyra utvalda brädor blev snabbt färglagda i falu rödfärg.

— Det blir ju riktigt snyggt, sa Krille.

— Eller hur, sa Peter.

De la de fyra träbitarna för att torka. Stolta tittade de på varandra, de hade åstadkommit något bra.

Några timmar av tv-spelande och straffläggning senare så var det dags att hämta in träbitarna. De hade blivit ännu snyggare när färgen hade torkat.

— Ska vi gå runt och sälja nu eller senare, frågade Peter.

— Kanske bäst att göra det nu före folk har börjat äta lördagsmiddag, sa Krille.

— Klokt, mycket smart.

De samlade ihop sina konstverk och började så att knacka på i radhuset bredvid Peters. Det var ingen hemma så de fortsatte till nästa dörr. Vid tredje dörren var det bingo.

— Hej, sa Peter.

— Men hej Peter, hur mår du, frågade grannen tre dörrar bort.

— Jag mår bra, hur mår du.

– Jag mår också bra, var det något speciellt du kom förbi
för.

– Ja, vi har gjort några konstverk och tänkte höra om du
ville köpa något av dem.

Peters granne började skratta när han hörde att Peter beskrev
de målade träbitarna som konstverk.

– Hur mycket vill ni ha för dem, undrade grannen.

– Tjugo kronor styck, sa Peter.

– Det låter billigt, jag tar gärna ett av konstverken.

Grannen tog leendes emot deras första sålda konstverk. Peter
och Krille gick sakteliga ut från gården.

– Tjugo kronor, hade vi inte sagt tio kronor, frågade Krille.

– Det hade vi gjort, men jag chansade, han såg så
imponerad ut så att jag chansade och sa tjugo, svarade
Peter.

– Bra gjort, tjugo kronor är ju tio kronor var.

– Fattar du hur snabbt vi kan tjäna pengar på det här.

De fortsatte knacka på dörr för dörr. Först fick de några "nej
tack", men sedan såldes de tre sista på tre knackningar efter
varandra. De hade på bara en halvtimmes målning och en
kvarts försäljning tjänat fyrtio kronor var, det hade bara krävts
tre längor för att sälja alla konstverken. Både Peter och Krille
var uppfyllda av vad de hade kommit på, de hade kommit på
ett sätt att tjäna stora pengar snabbt. De gick hem under
tystnad och begrundade vad det innebar.

Ryktet spred sig i skolan, Peter och Krille hade berättat för
kompisar att de hade "hittat ett sätt att tjäna snabba pengar",
men de ville inte säga något mer då det kunde gör att andra
snodde deras idé. Pengarna gick till godis tre dagar i rad och
kompisarna var imponerade, inget att snacka om. Vilka hade

råd att köpa godis på en tisdag? Men när de inte berättade så tappade alla andra intresset med tiden. Tankarna på de snabba pengarna snurrade helt tiden i Peters huvud, han kände att det här var för stort för att bara släppa sådär. Han drog med sig Krille bakom ett plank på en rast.

— Jag har tänkt på du vet vad, sa Peter.

— Konstverken, frågade Krille.

— Ja, just dem, sa Peter och tittade mig omkring så att ingen skulle kunna höra dem.

— Vad har du tänkt på?

— Vi borde göra det igen.

— Absolut.

— Men inte bara vi två, vi ska ta in några andra som också kan hjälpa till, vi ska ta över Mariehem med de här träbitarna, vi ska bli rika.

— Men varför ska vi ta in några andra, vi ska ju tjäna pengarna.

— Vi tar in några andra som får vara med, men vi tjänar fortfarande mest. Jag tänker såhär, tar vi in fem personer till så kan vi sälja kanske totalt femtio stycken träbitar. De får hundra kronor var och vi får tvåhundrafemtio kronor var.

— Wow, sa Krille helt häpen.

— Eller hur. Jag låg och tänkte på det hela kvällen igår, och idag på mattelektionen så räknade jag ut det. Det bra med de är att de vi tar med kommer också vara nöjda, de tjänar trots allt hundra kronor.

— Fan vad smart. Vi kommer att bli så jävla rika.

Efter några minuters diskussion kom de fram till vilka som fick vara med i gänget. Hamid, Pelle, Mats och Hamids lillebror skulle få vara med. Då bodde alla i gruppen utspridda på Mariehem vilket skulle underlätta att sälja på hela området. Troligen var det var inget problem att få med de andra på planen, de skulle ju trots allt få ett hundra kronor var.

Några dagar senare var det skolavslutning. Peter och Krille tänkte att eftersom det var skolavslutningen först efter lunch så var det ett perfekt tillfälle att tillverka och sälja träbitarna före lunch. Det var en solig dag i början på sommaren, alla var glada och det var säkert många som skulle vilja köpa konstverken. Allihop samlades hemma hos Peter på baksidan, förklaringen som föräldrarna hade hört var att det skulle spelas brädspel. Peter hade förberett allting, han hade tagit fram färgburkarna, några stora penslar och massa små brädbitar som var av varierande storlek. Även den är gången fick Peter glänsa när han vant öppnade burkarna samt visade vilka penslar som var bäst. Peter försökte spela avslappnad trots att han märkte hur imponerade de andra var.

— Planen är enkel, vi gör femtio träbitar tillsammans, säljer de, ni får ett hundra kronor var, jag och Krille delar på det som blir över eftersom vi kom på allting.

— Ett hundra kronor, är du säker på att du räknat rätt, sa Hamid.

— Absolut, har dubbelkollat det många gånger. Visst är det sjukt mycket pengar, sa Peter.

De andra nickade med. Peter berättade inte om att han hade drömt ännu större, funderat på att sälja konstverk i hela Umeå. När han hade legat uppe föregående natt hade han börjat räkna på hur mycket de kunde tjäna om de skulle sälja i hela Umeå, men han hade inte klarat av att räkna ut det, det var för mycket pengar. Peters plan var att berätta för de andra när de hade lyckats sprida konstverken över hela Mariehem. Peter skulle bli rik och han skulle hjälpa sina vänner att bli rika

tillsammans med honom. Han väcktes i sina dagdrömmar när
Hamid hade råkat spilla lite färg på sina skor och funderade
över om det gick att tvätta bort.

– Jag tror det, vet inte riktigt, sa Peter.

– Kanske med varmt vatten och tvättmedel, sa Hamid.

– Låter rimligt.

Peter visade hur man målade och gick sedan och hämtade
saft, varmt vatten och tvättmedel medans de andra fortsatte
måla. Det gick trögt när de följde Peters målningsråd att bara
ta lite färg på penseln och måla i flera lager. När de stod och
målade märkte Hamid att det gick snabbare att måla om man
tog mycket färg på penseln samtidigt som man gjorde riktigt
stora tag på träbiten.

– Grabbar, kolla vad jag kommit på, det går mycket
snabbare såhär, sa Hamid.

De andra ställde sig bredvid honom och såg att han hade rätt,
det gick betydligt snabbare. Nackdelen var att det skvätte
betydligt mer. När Peter kom ut hade alla de andra fått färg
på kläderna. De målade klart alla träbitarna och sedan
försökte de tvätta kläderna med vatten och tvättmedel. Det
gick sådär, några få fläckar blev bättre, men de flesta fläckarna
spriddes bara ut över ett större område. Alla var otåliga att
börja tjäna pengar så de övergav ganska snabbt försöken att
göra kläderna helt rena.

– Vad säger ni, ska vi låta föräldrarna tvätta kläderna sen så
går vi och säljer konstverken nu, frågade Peter.

– Absolut, det låter klokt, sa Krille.

Alla andra nickade med. De hade redan gjort upp vilka
områden de skulle sälja på, så de delade upp konstverken och
småsprang alla mot det område som var deras. Peter var
tillbaka redan på en timme, hans område var det som låg
närmast och det var många som kände igen honom så

försäljningen hade gått som på en räls. En efter en droppade de andra nöjt in och berättade att det hade gått snabbt. När Hamid kom in som sista man med ett leende på läpparna förstod de alla att det hade lyckats, de hade gjort något som inga andra på skolan hade gjort, de hade kommit på ett sätt att tjäna stora pengar. Peter började räkna ihop pengarna och delade upp dem så att alla fick det som dom skulle ha. Det hade blivit ännu mer pengar än vad han räknat med för att det var vissa av dem som köpte som hade velat vara snälla och betalat mer än tjugo kronor. De hade tjänat stora pengar och stämningen var god. Peter tyckte att det var läge att berätta om planen, han ställde sig upp och sa

– 	Grabbar, jag har en plan.
	Det blev helt tyst.

– 	Vi gjorde det bra idag, men vi kan tjäna ännu mer pengar
	Det blev helt tyst igen. Alla väntade på vad jag skulle säga härnäst.

– 	Vi sålde våra konstverk på ungefär halva Mariehem idag, men Umeå är stort, vi har mycket kvar att sälja

De andra såg överraskade ut. Dels för att de förstod att det inte behövde sluta här, dels för att Peter föreslog att de skulle röra sig utanför Mariehem, det hade ingen av dem gjort utan att föräldrarna varit med.

– 	Det låter konstigt, jag vet, men vi ska drömma stort. Jag räknade igår på vad vi skulle kunna tjäna på att sälja tusen sådana här konstverk, vi kan tjäna 4 000. Peter tog en paus och sa sedan: Var.

Först var det helt tyst, sedan började alla skratta och prata i mun på varandra. Det var så mycket pengar att det inte riktigt gick att förstå, det var sådana pengar som de vuxna hade. Efter några minuters allmän glädje sa Peter

– Det är dags att börja gå hem så att vi alla hinner till skolavslutningen. Lova att inte säga något till någon annan om den här planen. Håller vi den för oss själva så är pengarna garanterat våra, men råkar vi berätta för någon annan om vad vi ska göra kommer de att knycka idén.

Peter gick tillsammans med Eva och Göran mot skolgården. De hade ingen aning om att Peter målat på förmiddagen eftersom han hade undvikit allt målarstänk då han bara hade varit arbetsledare och hjälpt de andra att måla. Eftersom de var sena till skolavslutningen så fick de stolar långt bak, Peter spanade efter de andra, såg några av dem men fick inte ögonkontakt då han satt så långt bak. Skolavslutningen följde sin förväntade gång – 1. En av de yngre klasserna sjöng idas sommarvisa. 2. Alla sjöng med i några allmänna sommarlåtar. 3. Rektorn höll ett tal om det ljuva sommarlovet. 4. En av de äldsta klasserna sjöng en lite tuffare låt för att visa sin vilja till självständighet och mognad.

Efter detta så utbröt det stora sommarjublet, några hundra barn som insåg att de var helt fria tills skolan startade igen efter sommaren. Hela vägen hem pratade Peter, Eva och Göran i mun på varandra. Peter pratade med Eva om vad han skulle göra under sommarlovet, Göran pratade lite allmänt ut i luften om sin forskning, Eva pratade med Göran om den senaste boken hon hade läst. När det var skolavslutning så var traditionen att barnen i familjen fick välja middag, det hade alltid blivit pizza och skulle nog alltid bli pizza. Peter hade börjat uppskatta kebabpizza, dels för smaken, dels för att han kände sig lite mer vuxen och världsvan än när han åt en simpel Margherita. Så det blev kebabpizza för Peter, Eva åt en Hawaii och Göran som ansåg att alla förändringar var av ondo beställde en Quattro Stagioni, något han hade beställt sedan han åt sin första pizza. Dagen till ära var det läsk som gällde. När det gällde läsk var Peter lika konservativ som Göran, Peter hade haft Pommac som favoritläsk hela sitt liv och hade inga planer på att förändra sig. Anledningen till att han gillade Pommac kunde dock vara att det var den enda läsk som Eva tyckte om och därför var det den enda läsk som hon köpte hem.

Medan de satt och åt så ringde telefonen, Eva gick och tog det. Hon såg först glad ut men verkade sedan mer och mer besvärad. Efter att hon lagt på så gick hon fram till Peter och sa

– Det var Hamids mamma som ringde, sa hon.

– Jaha, sa Peter.

– Hon sa att du och Hamid, Hamids lillebror, Krille har varit här på baksidan och målat träbitar.

– Vi har inte målat träbitar, vi har gjort konstverk.

"Vi skulle ju inte berätta, nu har Hamid sabbat allt. Hans föräldrar kommer säkert att sno idén och tjäna pengarna vi skulle tjäna", tänkte Peter.

– Men stämmer det att ni målat på brädbitar.

– Det gör det, men det var konstverk som sagt.

– Smutsade ni ner kläderna.

– De andra stänkte ner kläderna lite, men jag höll på att hämta saker medan de andra målade så jag fick inget på mig.

– Förstår du varför hon var upprörd.

– Nä, det är väll bara att tvätta kläderna.

"Hamids mamma kanske har insett hur mycket pengar vi tjänade, eller så kanske hon tycker att det är orättvist att jag tjänade mer än Hamid", tänkte Peter. Eva suckade och sa.

– Hon var arg för att både Hamids och Hamids lillebrors kläder var förstörda av målarfärgen.

– Men varför tvättar hon dem bara inte.

– För att det inte går, målarfärg går inte bort i tvättmaskinen.

– Det visste jag inte.

Peter var osäkert på vart samtalet var på väg, men han insåg att det inte gick hans väg i alla fall.

– Det var tråkigt att det dåligt med kläderna, jag ber om ursäkt, sa Peter.

– Det är bra att du säger det, men det räcker inte, Hamids mamma berättade om att ni hade sålt alla träsaker som ni målade.

– Det gjorde vi, svarade Peter och oroade sig ännu mer.

– Vi bestämde att pengarna som ni fick in skulle gå till att köpa nya kläder till dem som fick förstörda kläder.

– Men det är inte rättvist, vi tjänade massa pengar, vi fick in totalt tusen kronor.

Eva såg imponerad ut.

– Det var mycket pengar för någon i din ålder, men hur mycket tror du kläderna som ni förstörde idag kostade.

Peter var tyst nästan en halv minut och försökte räkna ihop vad det kunde kosta

– Trehundra, fyrahundra kronor kanske, svarade han.

– Du är duktig på att räkna, men här har du helt fel, kläderna ni förstörde kostar nog närmare två tusen kronor.

Peter såg med häpen blick på sin mamma, och insåg just då att hans ekonomiska drömmar bara var att ge upp, Eva hade

i princip förbjudit hans företag att göra den planerade
expansionen över Umeå.

Kapitel 10

Det var en stor dag, men Peter låtsades inte om det, han spelade cool utav bara den. Under hela skoldagen hade han pratat med de andra killarna i gänget om hur lite de brydde sig om att det var klassfest på kvällen. Samtidigt hade Peter under hela skoldagen haft svår handsvett av nervositet just på grund av att det var klassfest på kvällen. Han hade inte riktigt koll på vad en klassfest innebar för något, han hade aldrig varit på någon liknande fest förut. Det enda han hade upplevt i festväg var när Eva och Göran brukade dricka vin med grannarna och sjunga snuskiga visor. Peter ville varken sjunga snuskiga visor eller dricka vin. Killarna i gänget var inte de enda som hade spelat under dagen, alla killarna i klassen hade försökt med samma obrydda stil. Tjejerna var istället entusiastiska på ett ärligt sätt, de såg fram emot kvällen och pratade om vad de skulle leka för lekar. Det var tjejerna i klassen som hade bestämt lekarna så det var inte så konstigt att de inte var lika stressade som killarna. Det ryktades om ryska posten, en lek som Peter inte visste hur den gick till, men hade fått känslan av att det skulle bli pinsamt. Eftersom det verkade som att han borde vetat vad ryska posten var vågade han inte fråga någon utan låtsades veta. "Tänk om jag måste pussa på någon tjej", tänkte Peter och kände hur kinderna blossade upp. Turligt nog för honom så blossade kinderna upp när han var på väg hem från skolan, ingen såg hur generad han blev. Det hade varit en kort skoldag, som det oftast var på fredagar. Så Peter hade många timmar på sig före kvällens fest gick av stapeln, han gömde sig serietidningar och barn-tv-program tills middagen. Middagen blev i vanlig ordning sen. Egentligen var middagen faktiskt i tid, men Göran var i vanlig ordning sen. Han hade ringt tre gånger med ungefär en kvarts mellanrum och sagt "nu går jag från jobbet, så vänta med att börja äta, jag kommer på tio minuter". Eva hade tillslut lessnat och ställde fram den kalla maten på bordet. Det var kött, potatis och bearnaisesås, Peters favorit. Han sköljde ner maten med en Pommac och njöt av livet. Men när han ätit upp såg han upp på väggklockan och kom ihåg vad han hade varit stressad över hela dagen, han var redan en halvtimme sen till festen. Peter hade förvisso lärt sig att man skulle komma lite sent till fester, det hade Göran berättat. Men hur sen man skulle vara visste inte Peter, och dessutom hade han inte ens duschat. Så han skyndade sig in i duschen, han försökte fixa till sig på ett sådant sätt att det visade att han inte brydde sig om någon dum fest, samtidigt som han ville vara snygg, det var en svår balansgång och Peter visste inte hur man gjorde. Det blev ett konstigt resultat, han valde kompromissen att klä sig fint på överkroppen och ha fina skor, däremot ta slitna byxor och dessutom att inte fixa till frisyren. Ett blött hår som inte fixats till som man cyklar snabbt med i vinden har en tendens att bli både stort och spretigt. Utan att ha planerat det gjorde Peter en storslagen entré, hans nya fina skjorta i kombination med stort yvigt hår var en komisk syn, klasskamraterna skrattade och Peter blev arg. Han gick på toan och försökte kamma ned håret så mycket det gick, det blev inte bra, men det räckte i alla fall för att de andra inte skulle skratta åt honom något mer.

När Peter kom in i klassrummet igen såg han att festen var igång. Vid klassrummets ena kortsida stod tjejerna vid klassrummets andra kortsida stod killarna, däremellan var ett några tappra få som vågade sig något närmare mitten. Det kändes i luften att situationen var laddad. Under vanliga skoldagarna var det inga problem med att blanda killarna och tjejerna, men nu var det fest vilket innebar att det fanns risk för fysisk kontakt, vilket i sin tur gjorde att det blev stressigt. Peter funderade en kort stund före han med säkra steg började gå in mot mitten, när han efter tre steg kände hur kinderna blommade blev så vek han istället av mot killarnas kortsida. Både uppdelningen och den stela stämningen pågick länge tills en av de medföljande föräldrarna, Lena, tillslut bestämde att de skulle leka en lek. Leken i fråga var ny för Peter, den var faktiskt även ny för Lena, hon trodde att en lek skulle bryta den tryckta stämningen. Hur som helst så gick leken ut på att man var fyra i ett lag, två killar och två tjejer, de skulle turas om att kasta en tennisboll i en hink, det lag där laget lyckades sätta fyra tennisbollar först hade vunnit. Det gick okey för Peters lag och de kom tvåa. Peter var i regel en riktigt dålig förlorare men nu brydde han sig knappt då det var så mycket andra saker som stressade honom. Glädjen över att den jobbiga stämningen var bruten överskuggade helt enkelt ilskan över förlusten. Efter att leken var klar så blev det mer avslappnat, men fortfarande stod killarna och tjejerna vid varsin sida av rummet.

Det var tydligt att Krille var tjejernas favorit, det var många långa blickar som kastades mot honom under kvällen. Peter var mer populär än vad han förstod, många tjejer tyckte att han var söt, även om han var både blyg och lättgenerad. Det fanns två tjejer i klassen som Peter hade spanat in mer än de andra, Camilla. Hon var söt samtidigt som Peter klarade av att prata några enstaka ord med henne utan att stamma. Det var en unik kombination som han uppskattade. Peters intresse för tjejer var ganska nytt, det hade kommit så sakteliga under sista året. Från ingenstans hade det smugit sig på och nu upptog tankarna på tjejer nästan lika mycket tid som tankar på fotboll och tv-spel. Problemet var att han inte riktigt visste hur man skulle göra för att gå vidare med tankarna, hur kunde han bli ihop med Camilla. Varken tjuvlyssnande på bröder eller tips från Krille, som hade haft tjej, hjälpte. Bröderna verkade träffa tjejer på fester där det var alkohol, och det passade inte riktigt Peter av åldersmässiga skäl. Krille träffade tjejer genom att de blev intresserade av honom och frågade chans, det var så Peter hoppades att det skulle gå till. Men problemet var att få Camilla intresserad av honom så pass mycket att hon skulle fråga chans. Han förstod att det första steget var att lära sig att prata med tjejer utan att bli generad och börja stamma. Trots många försök hade det gått dåligt, Peter blev blommande röd efter att bytt några få ord med en tjej. Det hela hade slutat med att han hade övergett sitt mål att kunna prata med tjejer och därmed övergett hoppet om att bli ihop med Camilla. Nu var han nöjd om han kunde titta på henne i smyg ibland, det var ungefär det han trodde sig klara. Den enda tjej Peter kunde prata med utan att bli generad var Therese. Peter tyckte att hon var både rolig och snygg, dessutom så var hon kär i honom. Men Peter hade bestämt sig för att han inte gillade henne på det sättet för att de andra killarna sa att hon var en mes. Eftersom grupptrycket var starkare än Peters eventuella känslor så hade känslorna gömts undan.

Stämningen blev betydligt bättre och hade övergått i en mer normal mellanstadiestress. Lena och de andra vuxna tyckte att det var dags för en ny lek. Eftersom tjejerna i klassen hade förberett lekarna så gick de vuxna iväg och lät tjejerna hålla i lekarna själva.

— Gör inget dumt nu ungar, sa Lena före hon gick.

Peter tog det som en utmaning när någon sa till honom att inte göra något dumt, tankarna började snurra kring vilket bus han skulle kunna komma på. Men före det var dags för eventuella bus var det dags för lekar. Tjejerna hade förberett leken ryska posten. Den gick ut på att en person gick ut ur rummet och ställde sig på andra sidan dörren utan att kunna se in, den som ledde leken skulle sedan peka runt på deltagare utav det motsatta könet tills personen utanför skulle välja någon, sedan skulle de göra "handslag, kram, puss eller kyss". Det smarta med leken var att man kunde pussa på någon utan att man behövde göra allt det vanliga jobbiga som krävdes för att få pussa på någon. Peter kunde på det sättet få pussa på Camilla utan att vare sig charma henne eller behöva prata med henne, enda nackdelen var att han kunde få pussa på någon som han inte alls ville pussa på. Men chansningen gav också spänning, man visste inte om det var en vinstlott eller nitlott man öppnade dörren till när man stod där ute. Leken började och det gick några omgångar utan att Peter var inblandad. Men efter ett tag så började det hända saker, Camilla gick ut och skulle få välja en groda/prins att kyssa. Det var Johanna som var lekledare och pekade på killarna i rummet. Camilla började att säga nej till två killar bredvid Peter och sedan så pekade Johanna rakt på Peter. Hans hjärta bultade, "skulle hon välja honom, skulle han få pussa på Camilla, skulle det här vara läget", tänkta han. Men efter att ha varit tyst länge så svarade hon nej. Peter spelade lättad och glad fast han grät inombords. Även om han insåg att hon inte ens visste att det var honom som hon hade sagt nej till så kände han sig bortvald. Det var inte så här det skulle gå till. Det där var ju läget där allt skulle hända, hon skulle pussa Peter och sedan inse att hon var kär i honom, han skulle inse att det inte var jobbigt och prata med henne och de skulle bli ihop. Men den planen gick upp i rök när hon svarade ja till att kramas med Hamid. Peter kände hur hans bröst fylldes av avundsjuka när de stod där och kramades, "det där kunde varit jag", tänkte han. Leken gick vidare och tillslut var det Peters tur att gå ut. Han protesterade pliktskyldigt men gick sedan ut med höga förhoppningar. Hans hjärta bultade hårt när Johanna började fråga om vilken tjej han ville välja. Han hade bestämt sig för att svara ja på den tredje tjejen för Camilla satt ganska i mitten och Johanna hade alltid pekat på någon i mitten tredje gången hon pekade. När han hade svarat ja på den tredje frågan så hörde han att de skrattade lite där inne, han visste inte vad det betydde, de kanske visste att han var kär i Camilla. När Johanna frågade vad de skulle göra svarade Peter säkert "kyss" utan att blinka. Klassens skrattade ännu mer. Sedan öppnades dörren. Framför Peter stod Therese och log. Han fick först inte ihop det, men insåg sedan att det var henne han skulle kyssa. Peter började känna ett pirr i magen, samma pirr som kunde komma när han tänkte på Camilla. Peter visste inte riktigt vad han skulle göra, men som tur var visste Therese det, hon gick med säkra steg fram till honom, la armarna om hans hals och kysste honom på munnen. Han kände hur hela kroppen blev varm och kinderna blossade så mycket att de nästan brändes. Peters känslor var dock dubbla, han märkte att han var riktigt nöjd för att han hade kysst med Therese, men Peter ville samtidigt spela missnöjd inför alla kompisar. Så hans sa efter kyssen.

— Usch vad äckligt.

Man såg på Therese att hon blev ledsen. Men Peter var för rädd för grupptrycket för att säga något fint till henne i det här läget, han skämdes men vågade inte göra något annat. Leken fortsatte, Peter fick en kram av Johanna och fick skaka hand med Anna. Efter att leken var över så var det dags för fiskdamm vilket i praktiken innebar att det var dags för godisstund. Lena lyckades med något som deras fröken hade svårt att göra, hon fick alla att stå i ett rakt led och snällt vänta på sin tur. Det var lite blandat lösgodis som låg i påsarna, inte riktigt det Peter skulle valt i vanliga fall, men godis var alltid godis så det gick snabbt ner ändå.

Festen pågick och Peter hade gått ut med Krille och några andra för att spela lite boll i korridoren. Att leka med en liten lätt plastboll var betydligt mindre pinsamt än att leka ryska posten. Leken var en ganska enkel form av vägg, man skulle skjuta bollen en gång på ett speciellt ställe på väggen och sedan skulle nästan person skjuta bollen på samma ställe, misslyckades man fick man en prick, fick man tre prickar så var man ute. Under den perioden av livet så höll Peter på med både fotboll och judo. Han hade haft storslagna planer på att bli någon sorts ninja efter att ha sett mycket på Ninja Turtles. Han hade börjat inse att det var svårt att bli ninja, det krävde mer än lite judoträning. Men han kämpade på och hoppades att han en dag skulle kunna smyga ljudlöst i mörkret och kasta kaststjärnor utan problem. I fotbollen fanns också drömmarna kvar, där fanns det en möjlighet att bli fotbollsstjärna, även om möjligheten inte var speciellt stor så hade Peter en orealistisk uppfattning om hur lätt det var. Peter var ganska duktig och var själv inställd på att han troligen skulle komma till landslaget. Peter var i en hård duell med Hamid i väggleken, de hade två prickar var och den som fick den sista skulle förlora. Peter var helt inne i spelet, han hade satt hård press på Hamid. Bollen kom i ett drömläge och Peter knallade på allt vad han hade, alla trodde att han hade vunnit då Hamid lyckades med det omöjliga, han slog en ännu bättre boll tillbaka mot Peter. Han var helt ställd men lyckades med en rejäl felträff att skjuta tillbaka bollen. Bollen stannade efter några studsar mot en sko och låg helt stilla. Allt var tyst, Hamid hade ett svårt läge, men om han lyckades skulle han nog vinna. Han stegade upp några meter och stod still. De njöt båda av att vara inne i det avgörande läget, nu skulle saker och ting hända. När allt var som mest tyst och spänt så kände Peter plötsligt en hand på sin axel. Utan att tänka så vred han sin kropp, tog tag i armen som handen satt fast i och kastade med ett väl intränat höftkast personen högt upp i luften. Över Peters axel flög Therese i en fin hög båge, roterade i luften och landade sedan tungt på ryggen, man kunde höra hur hon tappade andan fullständigt. Det var fortfarande helt tyst, ingen hade varit beredd på det som skulle ske. Skulle folk skratta eller skulle de tycka synd om Therese? Hade det gjort ont skulle nog de flesta tycka synd om henne, var hon opåverkad skulle man nog skratta åt det komiska i situationen. Peter var ängslig. Hade han skadat henne? "Det var ju inte med meningen, men hon kommer tro att det var det vad jag än säger", tänkte Peter. Troligen så var Peter den som var mest förvånad, för honom hade kastet kommit som en ryggmärgsreflex efter många timmars träning i judolokalen. Det hade varit ett perfekt judokast, tränarna hade blivit stolta om de sett kastet. De första sekunderna låg hon chockad och försökte få i sig luft, men när hon väl hade fått i sig luft så såg hon på Peter med ledsna ögon och började gråta. Peter böjde sig ned.

— Förlåt, det var inte meningen, sa han.

— Eller hur, du bara råkade kasta bort mig, sa hon.

— Det var bara ett kast från judon, jag bara gjorde det.

— Stå för vad du gör jävla idiot.

När han såg på henne så kände Peter att han ville böja sig ännu mer och pussa henne. Men han var medveten om allas blickar, visste hur mycket grabbarna skulle retas, så Peter ställde sig upp igen och gick därifrån istället. Skämdes över sin feghet samtidigt som han kände pirret från tankarna på pussen.

Kvällen flöt på. Peter höll sig undan det mesta, höll sig nära de andra killkompisarna, undvek att beblanda sig inte med tjejerna i allmänhet och Therese i synnerhet. Han tittade lite på henne ibland, men vågade inte göra mer än så. Tillslut så var det dags att lägga sig på madrasser och luftmadrasser. I killhörnan berättade de hemska historier där målet var att få Lars att börja gråta. Lars var lite annorlunda och rädd för det mesta, därför var det ganska lätt att få honom att börja gråta. Nuförtiden skulle han nog fått någon bokstavskombination eller någon sjukdomsstämpel, men då nöjde sig alla med att han var lite annorlunda. Hans humör svängde, han hade svårt för skolan, han var lättskrämd. Det var inte mer än så.

Morgonen kom och Peter vaknade sent. Han var en av de sista som låg kvar och drog sig. Det var härligt att sova ut, det var bland det bästa som Peter visste. Det verkade vara fler som tyckte det var gött att ligga kvar, för bredvid Peter så låg Hamid. Han tedde sig dock något stressad.

— Hur är läget, hur mår du, frågade Peter.

— Ingen fara, mår bara fint, sa Hamid.

— Okey.

Kändes som att något var fel med honom, men Peter ville inte fråga mer då Hamid inte ville prata om det. Peter tog sig tillslut upp och gick för att borsta tänderna. Krille stod redan där på toan och borstade tänderna.

— Vilket jävla kast du gjorde igår, sa Krille.

— Var inte riktigt meningen, sa Peter.

– Klart det var meningen, att göra ett sånt där kast är inte
   direkt som att snubbla, det är inget som bara händer.

– Fast det var inte meningen.

– Hon flög riktigt högt, du skulle sett det, bland det roligaste
   som jag sett.
   Peter mumlade något ohörbart till svar.

– Kul att det var Therese dessutom, hon som alltid försöker
   vara på dig, det där borde lära henne en läxa.

Ännu ett mummel, sedan avslutade Peter snabbt
tandborstningen och gick tillbaka till klassrummet. Hamid låg
fortfarande kvar på madrassen.

– Är du trött eller bara lat, frågade Peter.

– Lite trött bara, sa Hamid och tittade bort.

Det var något som kände konstigt, men ville han inte säga
något skulle Peter inte störa. Peter började fixa med
luftmadrassen och all packning. Det blev lite kortspel och
lekar så det drog ut på tiden, tillslut var det bara Peter och
Hamid som inte hade packat klart. Skillnaden mellan dem var
att Hamid hade inte ens gått upp och borstat tänderna. Han
låg kvar och såg stressad ut.

– Det här är tredje gången jag säger till, nu måste du gå upp
   så du hinner fixa klart sakerna, sa Lena till Hamid.

– Jag är på gång, sa Hamid.

– Vi har inte hela dagen på oss, det vore jättebra om du
   började, vi kan inte gå förrän du är klar.

– Uhmm.

När de andra spelade lite kort så började tillslut Hamid sakta
resa sig upp. Han höll hela tiden täcket runt sig. Först så
tänkte ingen på det men tillslut insåg Peter att Hamid säkert
hade kissat på sig och skämdes för det. Det var därför han
täckte för kalsongerna hela tiden. Det var när man tänkte på

de ganska uppenbart, för han höll täcket med en hand samtidigt som han packade ihop sina sker med den andra handen. När Peter väl insåg vad som hade hänt så iakttog han honom i ögonvrån under en längre tid och avvaktade rätt läge. När så Hamid stod lätt framåtböjd med ryggen mot Peter passade Peter på. Han gick med säkra steg fram mot Hamid och drog sedan täcket av honom med en snärt.

— Nej, småskrek Hamid.

Samtidigt som han skrek så vände han sig om och försökte få tag på täcket, han fumlade i luften men lyckades inte få tag på det. Nu stod Hamid vänd mot mitten av klassrummet, skriket hade gjort att alla hade vänt sig mot honom. Men till Peters förvåning hade Hamid inte kissat på sig, det var ingen blöt fläck på täcket. Men däremot var det något som stod rakt ut där framme på kalsongerna. Nu gick allas hjärna för högtryck, Peter såg att Hamid skämdes men han kunde inte förstå vad som skedde. Troligen skämdes han för var det som stod rakt ut. Men Peter förstod först inte vad det var som orsakade utbuktningen. Det var helt tyst i hela klassrummet, det var säkert många som tänkte som Peter, inte riktigt förstod vad det var som hände. Men så tillslut hördes Krille ropa

— Hamid har morgonbånge.

Det gick någon sekund till och sedan började alla utom Hamid att skratta. Hamid vände sig om under skrattsalvorna och tog snabbt på sig kläderna.

Kapitel 11

Peter, Hamid, Krille och Per hade spelat en lång match fotboll, det hade hunnit bli kallt och de var nedfrusna när de kom in. När de kom in så sa Eva.

— Jag har slagit på bastun, den borde vara varm nu.

Peter blev exalterad. Han älskade tanken på att basta, att sitta där inne och svettas i den sköna värmen. Fast varje gång han bastade så brukade han ganska snabbt tycka det var för varmt i bastun, gå ut och duscha kallt och sedan plåga sig några minuter till före han tillslut gav upp. Men trots det lyckades han på något sätt förtränga hur jobbigt det var mellan varje gång som han bastade. De duschade av sig alla fyra och gick sedan alla in i bastun samtidigt. Det gällde att spela oberörd så länge som möjligt, för de vuxna bastade länge utan att klaga på värmen. Eftersom de var hemma hos Peter gick han in i bastun först. Han kände hur värmen slog emot honom, det kändes som att gå in i en vägg av obehag.

— Vad säger ni, ska du hämta lite vatten Per så vi kan kasta
   på aggregatet, sa Peter och hoppades att de andra skulle
   protestera.

Han fick tyvärr tre stycken ”ja” till svar. Alla var medvetna om att ingen egentligen ville att det skulle bli varmare än det redan var, men samtidigt vågade ingen vara den som faktiskt sa det rakt ut och riskerade att bli retad för sin mesighet. Så där satt alla fyra och kämpade. Det pågick en tävling där resultatet blev en tydlig vinnare och en tydlig förlorare. Dels gällde det att inte vara den som gick ut först kylde av sig i duschen, dels gällde det att vara den som satt kvar allra längst. De tittade alla på varandra, under de första minuterna var det lite skryt, de blåste lite på varandras ryggar för att få fram den där obehagliga värmen. Alla hade såklart satt sig på slafen högst upp. Krille klagade konstant på att det "var lite kallt, är bastun verkligen på max", "jag behöver värmas upp snabbare". Peter tyckte absolut inte att det var för kallt, men han spelade med i spelet på samma sätt som de andra tre. Men lekfullheten avtog allteftersom. Tiden gick sakta, uttalanden om hur kallt det var kom alltmer sällan. Det två sakerna som fick Peter att orka sitta kvar var dels att han såg hur plågade de andra var, dels var han rädd för att förlora. Svetten rann, Peter försökte hitta kraften inom sig som han hade läst om i någon sporttidning. Per lutade sig mer och mer framåt, det såg lovande ut. Hamid satt med en tom blick och stirrade rakt fram, han hade inte sagt ett ord efter att de hade gått in i bastun. Peter visste inte helt hur han skulle tolka Hamids reaktion men antog att han höll på att ge upp. När Peter såg hur plågade de andra var satte han sig rak i ryggen för att visa hur lätt han tyckte att det var, men efter bara några sekunder gick det inte längre så han sjönk ihop igen. Krille hade den där tävlingsblicken som han kunde få ibland. Han var helt fokuserad på att vinna, han var den som oftast vann så han sågs som favorit. Tiden gick, Per lutade sig ännu mer framåt, Krille såg ännu mer fokuserad ut, Hamid satt kvar helt blixtstilla. Men sakta började Peter märka att Krille höll på att ge upp, han skulle inte klara det här. Mycket riktigt så dröjde det inte länge förrän Krille ställde sig upp, skyllde på att han var kissnödig och sedan mer eller mindre ramlade ut ur bastun. Av de tre som satt kvar tittade Peter och Per förvånat på varandra medan Hamid satt lika still som tidigare. De tre fick nya krafter dels för att de slapp den skamliga förlusten, dels för att de hade bastat ut den som varit favoriten att vinna. Nu kände Peter att han hade allt att vinna, Per såg ut som att han snart skulle ge upp, Hamid satt fortfarande kvar i exakt samma position. Det gick någon minut och sedan tittade Per granskande på de andra och ställde sig därefter upp.

— Jag ger mig.

Han gick ut med tunga steg. Peter sökte Hamids blick men fick inget gensvar, Hamid hade samma tomma blick som tidigare. Nu började Peter bli tveksam på om den där blicken verkligen var ett tecken på svaghet. Han hann inte fundera så länge för snart hördes det från badrummet.

— Så ni bastar också, frågade Göran.

Per och Krille gav honom jakande svar och sedan hörde Peter hur Göran klev in i duschen. Efter att han duschat kom han in i bastun och hämtade den lilla trähinken. Sedan kom han strax efteråt tillbaka med en fylld trähink, kastade tre skopor med vatten på aggregatet, och satte sig naken mellan Peter och Hamid på översta slafen.

— Vad har ni gjort idag då, frågade Göran.

— Spelat fotboll, svarade Peter.

— Jaha.

Det blev tyst några sekunder före Göran började berätta om sin dag och livet i allmänhet. Peter sjönk bort i tankarna, men Hamid som inte hade hört historierna lika många gånger lyssnade till en början intresserat. Kombinationen av Görans uttråkande berättelse samt värmen i bastun gjorde att Peter snart inte klarade mer. Han kände hur träet skavde på skinkorna, luften brände i lungorna, kinderna hettade. I ett sista desperat försök att vinna kollade Peter bort mot Hamid, men han såg fortfarande helt oberörd ut, det avgjorde det för Peter som helt enkelt ställde sig upp, vände sig mot Hamid och sa "bra jobbat" varefter han gick ut. Göran blev förvånad över att hans son kunde gå mitt i Görans historier om fjolårets semester.

— Men är du redan klar, kastade jag på för mycket för dig.

— Ingen fara, vi hade redan bastat ganska länge.

I Görans värld var det fint att kunna basta länge, det var något männen i hans släkt kunde, så vara det att basta. Han brukade berätta om det för nästan alla han bastade med, vare sig det var på simhallen eller i bastun hemma. Han sa det inte för att skryta, det var mer ett konstaterande, alla män i släkten kunde basta, så var det bara. Kombinationen av tjurskallighet, envishet och hatet mot förluster var effektiva drivkrafter för att basta länge. Göran hade bastat ut många vänner och brukade ofta berätta om när han bastade med sin svåger, svågern var från Stockholm vilket brukade vara den roligaste delen på historien. Den korta historien brukade berättas ungefär i stil med "Stockholmaren verkade aldrig ha bastat förut, han drack hela tiden öl för att klara vätskeförlusten från svettningen, sedan när han gick ut för att duscha svimmade karlstackaren". Peter satte sig på badrumsgolvet med Per och Krille efter att han hade duschat. Det var härligt att få sitta på det kalla badrumsgolvet och kylas ned. De kunde inte höra exakt vad som sades inne i bastun, det var Görans röst som hördes nästan hela tiden, de utspridda orden här och där gav ett bristfälligt sammanhang. Peter förstod ändå att Göran hade börjat berätta om hur duktiga männen i hans släkt var på att basta. Sedan övergick Göran planenligt till att berätta om att han hade varit med och byggt totalt åtta olika bastur. Även om Peter inte riktigt hörde vad han sade visste han hur det brukade vara, Göran började räkna upp dem en efter en, det var såklart bastun som de satt i, två olika i Görans stuga och sedan några till. De hörde sedan att Göran frågade om han fick kasta på fler skopor, de hörde inget svar från Hamid men det kom snart fem, på varandra tätt följande ljud, som tydde på att vatten förångades. Per, Krille och Peter förväntade sig att Hamid skulle komma ut ganska snabbt, men minuterna tickade på allteftersom. De tre låg på golvet på sina handdukar och kastade en liten schampoflaska mellan sig. Tiden gick vidare, Göran pratade på, Hamid satt tyst och antingen så lyssnade han eller så hade han lärt sig att koppla bort Görans röst. De hörde någon ställa sig upp och sedan kom ljudet igen som tydde på att nu kastades det på många skopor vatten. Det var tydligt att Göran ville basta ut Hamid. Minuterna tickade fortsatt på. Tillslut så hörde de tre killarna utanför bastun att någon reste sig upp, men det lät lite för mycket för att vara Hamid. Mycket riktigt så öppnade snart Göran dörren, han kom ut helt röd på hela kroppen, han såg nästan ut som att han hade skållats. Göran ställde sig länge i duschen och lät det kalla vattnet kyla ner hans kropp. Någon minut efter att Göran var klar i duschen kom Hamid ut, hade samma likgiltiga blick som han haft i bastun när han gick till duschen, han stod länge i den kalla duschen. De andra tre i gänget var alla imponerade och försökte prata om bastande, men Hamid var helt tyst, svarade ingenting. Allas kroppar var möra efter bastandet så de tyckte att det var vettigast att skjuta upp äppelpallande.

Dagen efter var det måndag, Hamid kom inte till skolan, när han inte heller kom på tisdagen så började gänget fundera på om det hade hänt något med honom. Han brukade sällan bara hemma någon enstaka dag per termin. Hamids mamma ringde Peter på kvällen för att be honom ta med några böcker till Hamid, hon förklarade att Hamid nog skulle vara hemma från skolan ytterligare några dagar till. Hon berättade att han hade fått hög feber när han kom hem söndagskvällen. Han hade säkert dragit på sig någon bakterie.

— Har du också känt dig sjuk, frågade Hamids mamma.

— Nej, jag verkar ha sluppit undan.

- Vad skönt, vet du om någon annan bland Hamids kompisar är sjuk.
- Nej, jag tror inte det.
- Vad bra. Vet inte vart han fått det ifrån bara. Förstår inte riktigt vad det är, trots febern så ligger han hela tiden med ett leende på läpparna, så det borde inte vara något farligt.

När Hamid kom till skolan på fredagen så berättade han att tiden i bastun var bland det värsta som han hade varit med om sedan han kom till Sverige. Han var less på att hela tiden förlora, dessutom så tyckte han att de andra i gänget brukade driva med honom för att han var feg. Just när de gick in i bastun hade han bara bestämt sig, han skulle basta längst. Han hade hållit på att svimma flera gånger men ville inte visa något. När Göran kom hade han först tänkt gå ut direkt, men han triggades av Göran skryt om sin bastuförmåga. Så Hamid hade plågat sig kvar längre och längre. När han sedan hade kommit hem på söndagen hade han lagt sig i sängen och bara skakat. Hans mamma hade velat åka in med honom till akuten men han hade tillslut lyckats övertala henne att låta honom vila någon dag. Det kanske inte var det klokaste Hamid hade gjort i sitt liv, men det hade haft effekt, efter den dagen hade alla i gänget stor respekt för Hamid.

Kapitel 12

Eva stod i köket och var stressad, hon hade ett viktigt möte på kvällen som hon hade påmint Göran om upprepade gånger de senaste dagarna. Men trots det så slog klockan både fem och halv sex utan att Göran hade kommit hem. Eva tog det kloka beslutet att familjen skulle äta utan honom. Göran brukade alltid vara kritisk när de inte väntade på honom, enligt honom skulle man äta ihop som en familj. Problemet var att om familjen alltid skulle vänta på honom skulle de ofta äta middag efter att Peter hade gått och lagt sig. Peter försökte rädda sin far genom att säga.

— Det kanske hända något som han inte kunde kontrollera.

— Kanske det, det gör ju det varje dag, han kanske haft otur med en häftapparat och kommer tre timmar för sent på grund av det, sa Eva.

Peter förstod inte hur man kunde bli tre timmar sen på grund av en häftapparat. Eva diskade snabbt undan när de hade ätit klart.

— Vi får cykla till Görans jobb så får du vänta där på att han blir klar, sa Eva.

— Men jag klarar mig, jag är ganska stor nu.

— Du är inte stor nog att vara ensam en hel kväll, det kan dröja flera timmar före han kommer hem och då måste du gå och lägga dig själv. Det går inte.

— Men jag klarar mig själv.

Eva tittade länge på Peter, tillslut så vek han ner blicken. Ganska nyss hade en kissa-på-sig-gå-in-till-föräldrarna-grinande-natt inträffat och Peter insåg det rimliga i hennes ståndpunkt. Sagt och gjort så gick de ut till cyklarna. Peter tyckte att det var töntigt att cykla med sin mor för att hon hade hjälm, det var ingen annan vuxen som hade hjälm, det var ju bara barn som hade det. Eva slog på cykellyset både bak och fram, sedan kontrollerade hon att Peters hjälm var lagom hårt spänd. Vårdcentralen var låst och eftersom det var många år före mobilernas intåg så var det bara att börja kasta småsten på Görans fönster. Peter missade fönstret upprepade gånger, då kom Eva fram och kastade ett gruskorn som landade mitt på Görans fönster. Peter kände hur ilskan välde upp inom honom, hur fan kunde Eva vinna mot honom i det här?

– Du fuskade ju, sa Peter.

– Vad menar du, sa Eva.

– Du tog ju den bästa stenen själv, jag såg hur du gav mig dom mesiga stenarna.

– Men lilla vän, du måste lära dig att förlora utan att bli så arg, sa Eva samtidigt som hon skakade på huvudet.

Även om Peter med åren skulle inse det orimliga i sin oförmåga att ta en förlust så insåg han det absolut inte då, just då var han bara förbannad på att han kunde ha en sådan otur. När Peter stod där och muttrade så kom Göran ut.

– Vad gör ni här, frågade Göran.

– Jag tänkte lämna Peter här, sa Eva.

– Men varför det, varför cyklade ni hit.

– Därför att jag har det där viktiga mötet ikväll. Du vet det där jag pratat om varje kväll senaste veckan.

– Just ja, sa Göran och försökte komma på vilket möte det handlade om.

– Det är ett arbetsmöte.

– Okey. Men Peter kanske kan cykla hem själv så kommer jag hem snart så kan vi äta middag ihop.

– Vi har redan ätit och Peter stannar här, annars blir du för sen och Peter får gå och lägga sig själv.

– Det skulle aldrig hända, jag är ju strax klar.

– Du har sagt det många gånger, men jag vill inte att Peter
ska tvingas gå och lägga sig själv.

Eva gav Göran en sträng blick som han inte förstod.

– Förstår inte varför du ska göra det så krångligt, jag hade
snart kommit hem ändå.

– Vi säger så, jag måste cykla nu.
Eva vände sig mot Peter och gav honom en kram.

– Ha det så bra nu Peter, sedan sa hon lite tystare, försök få
Göran att åka hem i rimlig tid.

Göran och Peter vinkade av Eva och gick sedan in i
vårdcentralen igen.

– Du kan få sitta i väntrummet och leka lite medans jag
arbetar klart, jag har bara några få saker att fixa.

– Okey.

Det låg några spridda leksaker och damtidningar i
väntrummet, men det var inget som sysselsatte Peter någon
längre tid. Han började därför gå omkring i korridorerna, det
satt en till läkare som arbetade över i ett annat rum, men
annars var vårdcentralen helt folktom. Det fanns något
spännande i att gå omkring i en stor tom byggnad. Vid
ingången stod det en rullstol med en stor fastklistrad lapp där
det stod att den tillhörde Mariehems vårdcentral. Peter satte
sig i rullstolen och testade rulla lite med den. Det var
förvånansvärt enkelt, i alla fall när Peter bara åkte rakt. Det
blev desto svårare när han skulle svänga, Peter försökte rulla
mellan några stolar och bord i väntrummet men krockade
med nästan allting. Eftersom Görans "har bara lite arbete
kvar" visade sig vara mycket arbete kvar så hade Peter mycket
tid att träna. Peter blev bättre på att styra rullstolen och
började bygga svårare och svårare banor. Tillslut lyckades
Peter köra en krånglig bana i full fart, den gick ut på att svänga

mellan två stolar, runda ett bord för att sedan stanna i ett litet hål mellan tre stolar. Peter tittade tillbaka på banan och kände sig stolt, det var en imponerande körning han hade visat upp. Han började ta ännu mer fart och bygga ännu svårare banor. Peter tog tid hur snabbt han kunde köra runt i korridorerna, han mätte hur långt han kunde ta mig med ett enda armtag. Tiden bara försvann, när han tittade upp märkte Peter att det började bli mörkt utomhus, Han hade på ett mycket oväntat sätt hittat den där känslan av flyt, känslan som gör att tiden försvinner, i rullstolsåkningen. Han tittade sig omkring och insåg att det här stället var för litet för hans nyvunna kunskaper. Han behövde större utmaningar. När han sedan åkte runt hela vårdcentralen för att hitta nya utmaningar så såg han den perfekta banan som dessutom hade inslag av en lagom dos fara. Det var en lång korridor med en stor blomkruka, ett litet barnbord, några soffor efter väggarna, sedan en tvär kurva till nästa väntrum där man var tvungen att sick-sacka mellan några bord för att avslutningsvis göra en tvär sväng och sedan tvärstanna just före trappan ned till undervåningen. Efter att ha flyttat några stolar som stod för mycket i vägen, lyft bort några barnböcker som låg på golvet så började Peter köra igenom banan. Första blomkrukan var lätt att undvika, sedan var det en lång raksträcka där han fick upp farten rejält. Efter det var det en trång passage mellan två soffor som gick galant, Peter ökade farten igen, gjorde en sväng runt två bord, tog lite mer fart och gjorde sedan en tvär sväng mot trappan. När han just skulle stanna så såg Peter någonting i ögonvrån och hörde en välbekant röst.

— Men Peter, vad gör du, sa Göran.

Peter var dum nog att svara.

— Leker lite...

När Göran började prata med Peter så hade han blivit så ställd att han kom av sig i bromsandet. Istället för att göra en snygg tvärnit framför trappan så flög han rakt fram. Han tumlade några gånger på olika trappsteg före han landade på golvet i våningen nedanför. Efter honom kom rullstolen studsandes och landade rakt på hans rygg vilket gjorde att han tappade andan. Göran kom sakta gåendes efter honom, han tittade på Peter och frågade.

– Vad håller du på med Peter?

Först var Peter för skakad för att känna någon smärta. Han försökte röra alla kroppsdelar och det gick bra. När han lugnat ner sig så kom smärtan, hela kroppen gjorde ont, hand blödde från vänster knä och pannan. Peter försökte hålla tillbaka tårarna men det var kört, han grät, snorade och tyckte allmänt synd om sig själv.

– Men varför gjorde du så, frågade Göran.

Peter svarade inte utan grät bara på. Göran kom sakta ner till honom och hjälpte honom att ställa sig upp.

– Såja, det är ingen fara sa Göran, vart har du ont?

– I hela kroppen, fick Peter fram mellan gråtattackerna.

– Okey, men vart har du mest ont.

– Här och här, sa Peter och pekade på vänster lår och vänster överarm.

Göran kände bryskt igenom både låret och överarmen.

– Det är ingen fara, inget är brutet verkar det som.
Peter höll inte med Göran i analysen att det inte var någon fara. Göran kikade på hans två sår och gick sedan iväg och kom tillbaka med lite pappershanddukar.

– Torka av dig där du blöder så ska du se att det blir fint det där, det är så små sår att man inte ens behöver sy

Att det inte behövdes sy var Peter glad över, för Peter misstänkte att Göran skulle sy utan bedövning. Göran hade redan sytt båda Peters storebröder utan bedövning och han ansåg generellt att lite smärta kunde man leva med.

— Jag har bara lite pappersarbete kvar där uppe, sätt dig och vila i väntrummet så kommer jag om ett tag, sa Göran.

Göran gick visslandes iväg och Peter hörde snart dörren till hans arbetsrum stängas. Peter hade inte så mycket val annat än att sätta sig i väntrummet, böja huvudet bakåt och trycka pappershanddukarna mot pannan och knät.

Efter ungefär en timme kom Göran ut ur rummet med en glad min.

— Nu ska vi hem och äta, sa Göran.

— Jag har redan ätit, sa Peter.

Göran förvånades, som han gjorde varje dag, över att resten av familjen redan hade ätit. Det hade mörknat avsevärt utomhus och de var tvungna att använda Peters cykellysen för att kunna låsa upp Görans cykel. Peters cykel blev lite svårare att låsa upp då Göran inte hade några lysen att hjälpa till med. Men efter någon minut så satt de på cyklarna på väg hemåt. När de hade kommit runt ett krön så såg de två personer på sidan av vägen ungefär hundra meter bort.

— Tror du inte det där är poliser, sa Peter.

— Det tror jag inte, sa Göran glatt.

— Men borde vi inte svänga in på gården för säkerhets skull, sa Peter.

— Varför det, frågade Göran.

Peter orkade inte förklara det uppenbara för honom så de cyklade vidare. När de kom närmare så märkte de att Peter hade haft rätt, det stod två poliser på sidan av vägen som visade att de skulle stanna.

— Hur var det här då, frågade den ena polismannen.

– Det är bra, jag ska hem och ge pojken mat, han har inte
    ätit middag ännu, sa Göran.

– Visst vet du att det är lag på att ha cykellysen.

– Det vet jag, men jag cyklar bara på väl upplysta cykelbanor
    så det är ingen fara.

Peter insåg att det inte var det bästa svaret man kunde ge till
en polis som nyss stoppat en, men Göran tyckte att det var
lite roligt sagt men det verkade inte poliserna tycka.

– Det spelar ingen roll, som jag sa så är det lag på det.

– Jaha, då ber jag väll om ursäkt.

Göran vinklade cykeln som att han skulle hoppa upp på den.

– Det är sexhundra kronor böter på att köra utan varken
    fram eller baklyse. Dessutom kanske du ska tänka på att
    föregå med gott exempel framför sonen din.

– Men sexhundra kronor är väll att ta i.

– Det är vad det kostar.

Göran började bli lite uppretad och det dröjde några sekunder
före han svarade.

– Jaha, då får jag väll betala då. Men jag tycker att ni borde
    vara ute och jaga bovar på riktigt istället.

Poliserna tittade på varandra och skulle just börja säga något
när Peter bröt in.

– Men Göran, kan du inte ta böteslappen så vi kan börja äta
    snart, jag håller på att svälta ihjäl, jag ber om ursäkt till
    konstapeln, sa Peter och försökte trycka fram en tår.

Poliserna kom av sig och istället så sa Göran

– Ge mig böteslappen så betalar jag.

De ställde sig och skrev en lapp. Göran fick visa sin
legitimation och fylla i lite papper. Sedan fick han med sig en
räkning på sexhundra kronor hem.

– Aja, hejdå, sa Göran och hoppade upp på cykeln.

– Stopp, sa båda poliserna samtidigt.

Göran avbröt cyklingen och såg frågande ut mot dom.

– Vad är det nu då?

– Men du förstår ju att du inte kan cykla på den cykeln när du just fått böter för att du inte har cykellysen på cykeln.

– Men jag har ju fått böter, räcker inte det.

– Nej, självklart inte, du får inte cykla på en cykel utan cykellysen när det är mörkt ute.

Göran såg besviken ut och de fick istället leda sina cyklar tills de hade kommit till nästa sväng. Då hoppade Göran upp på cykeln och verkade helt oberörd. De kom hem just så pass att Göran hann värma maten före sportnytt började.

Kapitel 13

Det var en varm dag där våren sakta övergick mot sommar. Det var den första pallardagen för året. Eftersom Peter bodde i ett radhusområde med någorlunda stora tomter så fanns det många äppelträd och små odlingar på baksidorna. Den här dagen hade Peter, Krille, Hamid, Per bestämt att de skulle palla äpplen. Även om det var gott med äpplen så var det intressanta själva känslan av att smyga runt i radhusområdet och planera för hur de skulle få med sig några äpplen utan att bli upptäckta. Det brukade sprida sig ett pirr i magen när Peter hoppade över staketet, skulle han hinna få med sig äpplen före han blev upptäckt? Skulle den eventuella upptäckaren vara arg? Skulle upptäckaren jaga efter honom? Frågorna var många, och det var för spänningen som de pallade. Året före hade några grannar i radhuslängan bredvid Peters låtit alla barn få ta äpplen i deras trädgård, vilket helt tagit bort viljan att palla hos dem. Peter var fortfarande arg på att de grannarna hade förstört glädjen i att ta äpplen utan lov. Som tur var hade inte några andra följt de grannarnas exempel. Ganget hade många trädgårdar där de inte fick äta några äpplen alls, så det fanns gott om möjligheter att palla. Det fanns en grundregel som var ganska enkel, ju argare ägaren till äppelträden blev av pallningen desto roligare var själva pallningen. Att höra någon rycka upp dörren och be dem dra åt helvete var bland det mest spännande de kunde uppleva. Det gjorde att gänget på ett sätt inte ville upptäckas samtidigt som de ville också ville att någon skulle komma ut och vara förbannad.

Alla fyra satte sig ned i Peters lilla rum och planerade. Peter ritade upp en mycket grundläggande karta, det var fem radhuslängor som låg på samma sida vägen som

Peters hus, sedan var det ett tiotal på den andra sidan vägen. På andra sidan vägen var det stora problem, husen låg alldeles för tätt, för att springa undan vid eventuell upptäckt var man tvungen springa på asfalten som låg just framför dörren på radhuslängan bakom. De beslutade sig därför att köra på de fem radhuslängorna som låg samma sida gatan som Peters hus. Det fanns såklart en stor nackdel med det valet också, alla som bodde i de längorna kände igen Peter. Planen var egentligen ganska enkel, de skulle vänta tills det blev mörkt, sedan smyga runt på baksidorna av radhuslängorna och hoppa in och ta äpplen där folk verkade vara hemma. Det var några timmar kvar tills det var nog mörkt för att köra igång. När gänget ändå var inne på spåret att göra något förbjudet så enades alla fyra ganska snabbt om att de skulle skjuta ärtor på bilar, en ganska snäll sak som dock kunde få bilägare att bli sådär lagom arga att de jagade en men inte slog en. Den bästa platsen var i den lilla dungen nedanför bilvägen som skiljde bostadsområdet från Mariehemsängarna som låg utsträckta nedanför vägen. Där kunde man gömma sig hyfsat och blev man jagad kunde man springa över bäcken och sedan in i Gammliaskogen som låg ett par hundra meter bort. Det fanns även en liten skogsdunge på samma sida som bostadsområdet låg på, den var inte lika bra ur skjutsynpunkt då det gick en cykelväg mellan bilvägen och dungen, men den var lättare att fly ifrån. De gick ner och kom genom ole-dole-doff fram till att Peter och Krille skulle ligga i dungen på ängssidan av vägen, Hamid och Per skulle ligga på ovansidan av vägen.

Det tog ganska lång tid att pricka in sig, till en början vågade ingen av de fyra att verkligen träffa bilarna, de sköt medvetet långt bakom bilarna. Men efter ett tag så avtog rädslan och de började sikta mot bilarna. Det var ingen hårt trafikerad väg men bilarna kom i alla fall lite nu och då. Peter började få in tekniken, han hade börjat sikta mot vindrutorna, lättast och träffa och träffen gav mesta möjliga effekt. Första gången Peter fick tydlig träff på en vindruta så saktade bilen snabbt in, Peter och Krille kastade sig ned på marken för att inte bli upptäckta. När de vågade titta upp igen så såg de att bilen hade ökat farten och kört iväg. Hamid hade slut på ärtor så han signalerade åt de andra att han skulle gå hem till Peter och hämta mer till alla fyra. När han började gå efter cykelbanan så kom det en svart bil som blänkte i solen. Peter visste inte så mycket om bilar men han förstod att den säkert var dyr vilket i brukade innebära en sur ägare. Peter spände ballongen som satt fasttejpad på den avsågade filmrullen, kände ärtan mellan fingrarna, väntade till rätt tillfälle. I ögonvrån såg han hur Krille också laddade ärtbössan. Tiden saktade in, bilen rusade inte längre fram utan den gled fram i ultrarapid Peter fokuserade nog, spände ballongen ännu mer, sköt sedan ett skott redan på långt avstånd rakt framifrån bilrutan. Perfekt träff. Bilen saktade ner något. Han tog blixtsnabbt upp ännu en näve med ärtor som han med en van rörelse kastade in i den avsågade ärtbössan. Sköt iväg hela skuren som träffade perfekt över motorhuven och bilrutan. Nu bromsade bilen kraftigt och svängde in till kanten av bilvägen, bilen stod till hälften på vägbanan och till hälften på gräsmattan som gick utmed vägen. Hamid vände, ovetandes om Peters skott, sig om och tittade på bilen som stannade, sedan började han gå framåt igen. Peter och Krille såg bilens förare slänga upp dörren och kasta sig ut. Föraren började titta på vindrutan där han såg spår av krossade ärtor, såg sig sedan om och fick syn på Hamid. Han sprang ikapp Hamid på med snabba steg, tog tag i hans krage.

— Vad fan gör du ungjävel, sa bilens ägare.

– Ingenting, sa Hamid, uppenbart rädd.

– Du håller ju på att förstöra min bil.

– Vet inte vad du pratar om.

– Kom inte här och ljug, jag förstår såklart att det är du som skjutit på bilen.

– Vet inte vad du pratar om, sa Hamid och försökte hålla tillbaka gråten.

– Det vet du visst det, du kan ju repa lacken.

– Det var inte jag.

– Vem fan var det då?

Peter sneglade på Krille som vände sig mot honom, det började gå för långt, det var inte roligt längre. De tittade på varandra och båda kunde ana hur den andra tänkte "ska Hamid få ta på sig skulden för deras träffar". På något sätt kändes det helt fel att låta Hamid ta skulden helt, men de vågade inte heller göra något så de låg helt stilla. Krille och Peter såg att mannen börjar leta i Hamids fickor och snart halar upp en ärtbössa.

– Vad fan säger du nu då.

– Det var inte jag.

– Skärp dig, du måste väl för fan stå för det du gjort.

– Men men...

– Nu kommer jag att skjutsa hem dig till dina föräldrar och se till att du får en rejäl utskällning, sedan kommer du att få betala för att rengöra bilen, förstår du?

Mannen tog Hamid i ärmen och började gå med honom mot bilen. Hamid tittade mot Peter och Krille, de såg rädslan i hans ögon.

– Nu måste vi fan göra något, sa Peter.

– Vad ska vi göra?

Peter väntade några sekunder, sedan svarade han.

–   Ladda ärtbössan full med så många ärtor du bara kan, vi
    skjuter på tre, tar upp en näve till och skjuter den med,
    sedan springer vi allt vi bara kan mot skogen.
    Krille tvekade, såg på Peter men insåg att det var det enda
    rätta.

–   Okey.
De laddade båda sina ärtbössor fulla och spände ballongerna.

–   Ett.... två... tre...
De ställde sig båda upp och skrek. Mannen och Hamid
stannade upp och tittade mot skogen, de befann sig bara
några enstaka meter från bilen.   Peter hade fått in
självförtroendet efter de föregående träffarna och kände i hela
kroppen att han kunde göra vad som helst med sin ärtbössa.
Hade någon frågat honom i den stunden om han kunde
spränga ett hus med ärtbössan hade han sagt ja utan att tveka.
Peter släppte iväg ärtorna. De flög i ett samlat moln och det
var inte en enda ärta som missade bilen, det smattrade till på
huven och vindrutan. Mannen såg på dem och sedan stod alla
still. Peter och Krille tog upp en ny laddning enligt plan och
släppte snabbt iväg den. Mannen släppte Hamids arm och
började springa mot dem. Peter och Krille sprang allt vad de
kunde och lite till. De siktade in sig på bron över den lilla
bäcken. Peter vände sig om under springturen och såg att
mannen snabbt tog in meter för meter.

–   Han kommer att ta oss, sa Peter.

–   Fan, sa Krille när han vände sig om och såg samma sak.

–   Vad fan ska vi göra?

–   Spring.
Peter hamnade i den där känslan igen, tiden saktades ned och
han tänkte helt kristallklart. Han såg vägen de skulle springa,
såg sedan för sin inre syn exakt vart mannen skulle hinna ifatt
dem. Sedan såg Peter ännu en tydlig bild och han fylldes av

ett lugn. När de just skulle springa över bron så var mannen nästan ikapp dem, då tog Peter tag i Krille arm och puttade honom åt vänster. Krille förstod inte vad som hände då Peter skrek "hoppa i" samtidigt som han drog med honom i bäcken. Peter fick en kallsup och upplevde för första gången hur äckligt det bruna bäckvattnet var. Han kämpade sig upp på benen och började sedan hjälpa Krille att ställa sig upp. Krille hade aldrig lärt sig att simma så han var rejält rädd när Peter lyckades få upp honom på benen.

– Vad gör du, frågade Krille.

– Vänta, lita på mig svarade Peter.

Mannen hade stannat på sidan av bäcken och såg väldigt nöjd ut.

– Nu fick jag fast er.

– Förlåt, det var jättedumt, sa Krille.

– Lika bra att ni kommer upp så ska jag köra hem er till era föräldrar.

– Snälla gör inte det, pappa kommer bli jättearg.

– Kanske du skulle tänkt på före ni skjutit ärtor på bilen, vet du hur dyr den är.

– Näe.

– Den är jävligt dyr, det ska jag säga dig. Kom upp nu och gör det enkelt för dig själv.

Peter såg att Krille hade börjat grina. Sedan började Krille gå upp från bäcken, men före han hann upp från bäcken så la Peter en hand på hans axel.

– Stanna. Lita på mig, det kommer att gå bra, sa Peter.
Krille stannade och verkade lite förvånad.

– Kom upp sa jag, sa mannen.

– Nej, vi kommer inte upp, svarade Peter.

– Jag har ju fångat er, det är lika bra att ni kommer upp så
   blir det bättre för alla.

– Nej, vi kommer att stå kvar.

Mannen började bli riktigt arg. Han började svära och skälla
på dem.

– Kom upp nu för i helvete, ni kommer att få ångra er.

– Nej, vi kommer inte upp.

– Vad fan säger du ungjävel, nu kommer du upp före det
   går illa för dig.

– Nej, vi kommer inte upp, vi står kvar här.

– Hur kan du vara så uppkäftig när du står där i bäcken och
   jag har fångar er.

– Just därför, du måste komma ned i bäcken före du fångar
   oss, och jag tror inte att du vill det.

Man kunde nästan se hur ilskan brann i ögonen när orden
verkligen sjönk in hos mannen. Han var tvungen att gå ned i
bajsbäcken för att få tag i dem. Peter och Krille såg hur han
blev argare och argare, han började svära och hota dem mer
och mer.

– Du kanske borde kolla till bilen, det är så lätt att någon
   råkar skjuta ärtor på den när den står parkerad där uppe
   vid vägen, sa Peter.

Mannen svor ännu fler och grövre svordomar. Det gick några
minuter och sedan insåg mannen att han inte kunde vinna det
här utan att gå ner i bäcken och bäcken ville han absolut inte
gå ner i. Han kallade dem några väldigt fula ord som varken
Peter eller Krille förstod före han vände sig om och gick.

– Ser jag dig igen kommer jag att se till att du får ett helvete
   av dina föräldrar, sa mannen.

Peter och Krille stod i bäcken och kände en skräckblandad förtjusning när han mannen började gå sin väg. Han vände sig om skrek argt

— Jävla bajsbarn, ni har säkert värdelösa föräldrar.

Det var ofta som Peter fick höra konstiga saker om sina föräldrar men han brukade alltid försvara dem. Han tänkte inte låta någon finklädd stropp snacka skit om hans föräldrar så han hade bara en sak att göra. Han tog återigen upp ärtröret och la i så många ärtor som det gick att skjuta iväg.

— Vad gör du, sa Krille uppskrämt.

— Var beredd på att springa.

Peter lyfte ärtbössan igen och sköt. Mannens rygg var för en kort stund helt täckt av ärtor, då vände han sig om.

— Nu jävlar ska ni få.

Mannen började springa mot bäcken i full fart. Peter och Krille insåg att mannen den här gången inte skulle låta rädslan för bajsvattnet stoppa honom. De vadade sakta upp mot andra sidan, när mannen var framme vid bäcken så var de nästan uppe på andra sidan. Mannen tvekade inte en sekund utan hoppade i. Krille höll på att snubbla på de hala stenarna men Peter fick tag i honom före han ramlade. När de väl var uppe ur bäcken började de springa allt vad de kunde mot Gammliaskogen. När Peter tittade sig över axeln såg han en av de vackraste synerna han någonsin hade sett. Mannen halkade till, försökte hålla balansen på ett ben och vevade för fullt med armarna, men han klarade det inte utan ramlade pladask ner i bajsbäcken. Peter skrattade till men insåg samtidigt att det innebar att mannens ilska var ännu större. Väl inne i skogen hade de ett stort försprång. De sprang efter stigen som de alltid brukade springa efter. "Vi måste ju gömma oss, han kommer ju komma ikapp oss annars", tänkte Peter. När de höll på att komma fram till elljusspåret såg Peter två killar ungefär hundra meter bort som sprang med ryggarna mot dem. Peter tvekade en sekund och drog sedan ner Krille bakom en sten. Krille såg på honom med panikslagna ögon.

— Vad gör du?

— Han är snabbare än oss, vi måste chansa.

— Men han kommer ju att ta oss.

Viskningarna blev lägre och lägre. Tillslut kunde de se mannen bara några meter bort ifrån dem. De höll andan och försökte trycka sig ännu längre ner i mossan. Mannen tittade sig omkring, sedan så såg han de två killarna som joggade längre bort på elljusspåret och började springa efter dem. Killarna försvann över ett krön och snart gjorde mannen det också.

— Nu springer vi tillbaka, sa Peter.

De sprang tillbaka, över bron och upp till Per och Hamid som stod och väntade vid bilen.

— Spring upp i skogsdungen på ovansidan vägen, han som jagar oss är jävligt arg, sa Peter

Alla fyra sprang in i skogsdungen. Det säkraste hade varit att springa hem direkt. Det var inte speciellt långt hem till Peter, och där skulle de vara i säkerhet. Men de ville se när den arge bilägaren komma tillbaka. Det dröjde inte många minuter före han återigen kom springande i sina nedblöta, brunsörjiga kläder. Han sprang fram till bilen och tittade sig länge omkring. Han såg arg ut men hade ingen aning om vart de två killarna som han var arg på befann sig. Han stod länge och bara tittade åt alla möjliga håll. Men alla fyra låg gömda väl i buskaget, det fanns ingen möjlighet för mannen att se dem. När han tillslut lugnat sig så öppnade han bildörren men hejdade sig själv just före han skulle sätta sig. Han öppnade bagageluckan och tog fram något plastunderlägg som han la på förarsätet, sedan började han sakta ta av sig skor, strumpor, byxor och yttertröja, allt han hade på sig var tillslut T-shirt och kalsonger. Han satte sig försiktigt i bilen, spände fast sig och började köra iväg. När han hade kommit några meter så ställde sig Peter upp igen med fylld ärtbössa. Han sköt och skrek sedan.

– Spring.

Bilen tvärnitade och dörren flög upp, men de fyra hade redan hunnit ut ur skogsdungen när mannen stormade ur bilen. Han var inte helt säker på varifrån skotten hade kommit så han kunde bara stå där och skrika i sin t-shirt. Mannen satte sig sedan i bilen och körde iväg med en rivstart. Peter såg i ögonvrån hur Krille vände sig mot honom och tittade.

– Van fan gjorde du, vi kunde ju få hur mycket stryk som helst.

– Men det gick ju bra, eller hur.

– Det gjorde det.

Krille började skratta, och sedan föll de alla fyra in i skrattet.

– Gör du om det där kommer jag spöa skiten ur dig, sa Krille.

– Tack.

– Det är jag som ska tacka för det där med luringen i skogen, han hade slagit oss gula och blå om han hade fått tag på oss.

– Kanske det, men nu kom vi undan.

När glädjen började avta så märkte Peter att de hade kvar bajsbäckens bruna vatten på kläderna, han hade en äcklig smak i munnen, var nedkyld och fortfarande rädd. Men segerns sötma gjorde att han lyckades hålla tillbaka kväljningarna. Sista biten hem till Peter försökte de gå med kläderna långt utanför kroppen i något sorts försök att slippa känna hur blöta och äckliga de var. Det var snarare vaggandes än gåendes som de tog sig framåt. De stannade länge och

tittade sig omkring före de gick in på gården. Säkrade sig om
att mannen i den fina bilen var långt borta. Sedan stannade de
flåsandes utanför dörren. Peter stannade Krille just före de
skulle kliva in.

– Vad ska vi säga, frågade Peter.

– Just ja, vad ska vi säga?
De hann inte tänka så länge då Eva öppnade dörren och
upptäckte hur de såg ut.

– Men vad har ni gjort.
Peter och Krille sneglade mot varandra och det hann gå både
en och två sekunder före Peter svarade.

– Vi ramlade i bäcken när vi brottades.

– Hur gick det med er, har ni skadat er?

– Ingen fara, svarade Krille.

– Men stackars er, antar att ni fryser nu.

– Det gör vi.

– Men kom in mina små änglar.
Eva bad dem stanna kvar i hallen. Hon gick iväg efter
handdukar till dem båda. De torkade av sig det mesta av
smutsen slängde sedan kläderna direkt på golvet. Under tiden
hade Eva varit iväg och tappat upp ett varmt bad.

– Såja, snabba er i badet så ni slipper bli förkylda.
Peter började gå, men kom på en sak

– Men hur ska vi göra med Hamid och Per, de väntar nog
här utanför.

– Gör de, frågade Eva.

– Ja, men de ramlade inte ner i bäcken.

– De får väll bada med er de också, men gå ner ni så hjälper
jag dem.
De gick ner till badrummet och såg ett upp tappat bad med
varmt vatten. De duschade av sig snabbt och sjönk sedan ned

i det varma vattnet. Det var perfekt temperatur för att bada, sådär varmt att det var på gränsen till obehagligt, det gick en liten rysning genom kroppen när man sjönk ned. När Peter hade suttit någon minut så släppte helt plötsligt alla anspänningar, han insåg hur rädd han hade varit och började gråta. Krille förstod vad Peter kände, han la en arm på Peters axel och började strax gråta han med. De satt där i badkaret och grät när Per och Hamid kom in i badrummet. De stannade upp något förvånade, visste inte hur de skulle agera. Hamid började skratta lite, mest för att känna av om det var rätt, men när Per inte hängde på så slutade han ganska snart. Per tog det enkla beslutet att helt enkelt ta av sig kläderna och hoppa in i duschen. Peter och Krille lyckades bekämpade gråten och samtalet övergick mer och mer om det som hände nere på ängarna. Deras bedrift jämfördes med både ninjor, James Bond och actionhjältar. Det var kanske den första gången som gänget på riktigt hade besegrat en vuxen i något som var någorlunda jämbördigt, mannen var kanske snabbare, starkare och argare, men Peter hade varit desto listigare.

Kapitel 14

Peters största kärlek var fotbollen, han såg framför sig hur han skulle lira i Allsvenskan och dominera i landslaget som innermittfältare. Sommarhalvåret bestod till störde del av att sparka boll på olika sätt, liggande boll, rullande boll, studsande boll eller att spela fotboll med kompisar. Han kunde vara ute hela dagarna och bara leka fotboll med kompisarna, antingen så spelade de smålagsspel eller så turades de om att slå straffar på varandra. Men denna sommar var det inte längre bara att leka fotboll med kompisarna, laget skulle till Finland för att spela en stor fotbollsturnering. Peter tränade därför extra hårt på att göra mål utifrån alla möjliga och omöjliga lägen. Han stod i timtals och slog straffar och frisparkar. Han hade inte blivit lagets skyttekung i någon turnering ännu, han var alltid något nesligt mål efter antingen Krille eller Pelle. Men nu så skulle det bli ändring på det, Peter skulle dribbla sig förbi alla motståndarna och sen knalla den hårt i krysset. En lika enkel som genial plan. Avresedagen närmade sig, det var bara en dag tills färjan skulle gå från Holmsund som låg vid havet utanför Umeå. Sista dagen före resan fokuserade Peter på att träna straffskytte, om det skulle bli straffavgörande i någon match så ville Peter verkligen bli den som steg fram och med precision satte avgörande straffen med stor kyla. Han ville bli den hyllade hjälten. Det var dock en väldigt stor nackdel med hela resan, en nackdel som Peter försökte bortse ifrån så gott han kunde, Göran skulle följa med som en av lagledarna. Peter insåg att det nästan säkert innebar att han skulle få skämmas ett flertal gånger, men han gjorde sitt bästa för att förtränga det.

Det Peter brukade göra när han åkte finlandsfärjan var i huvudsak av två saker, leka i bollhavet samt spela på de enarmade banditerna. Peter började med en omgång i bollhavet tillsammans med Krille och Pelle. Själva bollhavet bestod av ett litet rum där det var en rektangulär bur som var fylld av röda, blå och gula plastbollar. Även om det var fascinerande att man kunde simma omkring och gömma sig bland bollarna så blev det ganska snabbt tråkigt. Därför var det dags att satsa på färjans andra sysselsättning, de enarmade banditerna. Peter hade på en tidigare resa vunnit etthundrafemtio kronor på banditerna, räknade man om det i femtioörestuggummin så var det trehundra stycken. Den bedriften tänkte han lyckas med igen. Vissa trodde det handlade om tur, men det var för dem som inte hade förmågan att känna maskiner. Det var en allmänt accepterad uppfattning bland Peters kompisar att det kanske var tur om man vann några enstaka kronor, men lyckades man vinna mycket på de enarmade banditerna så hade man den rätta känslan. En stor blank trappa övergick i en röd heltäckningsmatta som var täckt av fimpar. Ett tjugotal maskiner var uppställda i två rader på vardera sida av trappan. Väggarna var vita och prydda av utspridda tavlor föreställandes färjor. Peter gick runt mellan de lediga maskinerna och försökte känna efter vart han skulle spela. Han kände på de olika handtagen, knackade lätt på glasrutorna och försökte lyssna efter om det var rätt maskin. Tillslut så kände han att det var något speciellt med en maskin, han slöt ögonen, gungade på fötterna, försökte hitta känslan. Heltäckningsmattan var extra mjuk och dessutom kändes gunget fint. Saken var avgjord, han hade hittat rätt. Peter tog sina trettio enkronor och matade in dem en efter en. De första minuterna gick tungt, han hade förlorat så att han bara hade tio kronor kvar. Peter bet ihop, "skärp dig, fokusera, kom igen nu Peter", tänkte han. Fokuset gav resultat, han vann upp till tjugofem kronor igen. Då kom Pelle förbi.

– Snyggt spelat, sa Pelle.

– Tack, jag känner att jag börjar hitta formen.

Pelle var också övertygad om att det var skicklighet som styrde de enarmade banditerna, det gällde att känna av maskinerna, dra i rätt läge, satsa på rätt rad. Även om oddsen var dåliga så gick det att överlista spelat om man hade rätt känsla. Det flöt på bra för Peter, han vann tregånger i rad och hade kämpat sig upp till plus tjugo kronor.

– Nu är det dags att byta maskin, känner att den inte har några vinster i sig, sa Peter.

– Att du vågar tänk om det är någon storvinst där.

– Ingen fara, jag har tömt den på alla vinster, det känner jag, dessutom är det osannolikt att det är kvar några vinster när jag vunnit så många gånger i rad.

Pelle såg inte helt övertygad ut, men eftersom Peter vunnit så verkade det som att han hade känslan. Peter gick runt bland maskinerna igen, kände på spakarna, försökte känna utstrålningen från maskinerna. Tillslut hittade han vad han ville ha. Han gick fram och tryckte självsäkert in hälften av pengarna som han hade. Första tre gångerna vann han ingenting, "tänk om jag inte kände rätt, tänk om jag skulle stått kvar". Men han var noga med att inte visa sin oro för Pelle, Peter drog med spelad självsäkerhet i spaken igen. Redan omgången efter vände det, Peter vann tio kronor och kände på sig att det bara var början. Peter kände att han inte kunde förlora, om han inte vann något på fyra gånger vann han garanterat desto mer den femte gången, det gick sakta uppåt, han passerade raskt ett hundra kronor och närmade sig sakta sitt tidigare rekord på två hundra.

– Fan vad du är grym, sa Pelle.

– Tack.

Peter bet sig i tungan, han ville egentligen hålla med om att han var grym, då det fanns risk för att skryt skulle störa flytet. Det gällde att inte göra något som kunde äventyra känslan. Peter och Pelle såg båda att det kom en man gåendes med en blå, gul, vit bytta i händerna. Byttan signalerade tydligt att mannen skulle spela och att han skulle spela länge. För de blågulvita byttorna var till för att rymma många småmynt för storspelarna.

– Är du säker på att det är rätt maskin, du ska inte byta till den du hade tidigare, tror du inte att du har vunnit allt på den här, frågade Pelle.

– Ingen fara, den här har fortfarande några vinster i sig, den gamla maskinen är säkert fortfarande iskall.

Mannen tittade sig länge omkring och gick sedan med säkra steg fram mot den maskin som Peter nyss hade lämnat. Han la i en stor mängd enkronor och började spela. "Tänk om jag kände fel, tänk om det fanns kvar vinster på maskinen", tänkte Peter. Men oron försvann, det fortsatte gå bra för Peter och det karaktäristiska ljudet som kom när man vann hördes inte från den gamla maskinen. Men efter ett tag tog det stopp, Peter kände att han hade tappat självförtroendet då han tvivlade på maskinen. Han stod still på etthundrafemtio. Han samlade sig igen, blundade, svängde lite med huvudet, mumlade kort för sig själv "fokusera, kom igen nu Peter". Direkt efter det vann han tjugo kronor.

– Vad var det jag sa, hade jag inte rätt.

– Det verkar som det.

Peter bet sig själv i tungan, han hade skrutit igen under tiden han spelade, det var att utmana ödet alldeles för mycket. Men ödet ville honom väl, hann vann två gånger till och hade nu vunnit tvåhundratjugo kronor. Det var nytt rekord och Peter kände sig mäkta stolt.

– Vad säger du, ska vi gå nu, jag känner mig nöjd.

– Absolut, vi kan gå ner till bollhavet.

Peter tryckte på knappen för att tömma maskinen på de enkronor som han hade kvar i den. Ljudet när enkronorna rasslade ner i uppsamlingslådan av metall var underbart att höra. Peter la sakta ner kronorna i sin pengapåse samtidigt som han räknade dem tyst för sig själv.

– Plus tvåhundratjugo kronor.

– Snyggt jobbat.

När de skulle gå mot bollhavet så hördes något konstigt ljud. De vände sig om och såg att det var Peters gamla maskin som gav ifrån sig massa ljud och ljus.

– Jaaaaaaa, vrålade mannen vid maskinen.

Peter gick sakta närmare, hoppades att ljudet inte var det han befarade. Men han fick se det han absolut inte ville se, mannen hade vunnit en storvinst. Tiotusen kronor. Peter tittade mot Pelle och försökte ge ett avslappnat leende, men det gick inte, Peter brast gråt och sprang allt vad han kunde mot bollhavet.

Peter försökte övertala sig själv att han ändå inte skulle vunnit. "Om jag hade fortsatt spela på maskinen hade jag slutat före vinsten kom", "Om jag hade spelat på maskinen hade jag nog dragit på ett annat sätt i spaken", "Jag kan ändå köpa massor av godis för det som jag vann", tänkte han. Men trots sina försök så var han nedstämd resten av färjeresan.

När de klivit av färjan satt sig laget på en buss till skolan där de skulle bo. En skola som påminde om den hemma på Mariehem, det var några vita tegelklossar som satt ihop via korridorer. Peter hade inte berättat något om de missade tiotusen kronorna, men han berättat desto mer om hur han hade lyckats vinna tvåhundratjugo kronor. Fler av lagkamraterna var väldigt imponerade, de trodde att känslan från de enarmade banditerna kunde smitta av sig på Peters fotbollsspel. Peter trodde också på den slutledningen. När Peter valde sin sovplats i klassrummet så var han trots allt ganska nöjd med livet, de var utomlands för att spela en fotbollscup och han hade vunnit över tvåhundra kronor. Glada och förväntansfulla gick laget och åt middag i matsalen. Dagen efter var första matchen så det gällde att ladda för vinst. Det blev tidig i säng, Peter somnade snabbt men plågades i sömnen av män som kom och tog vinster ifrån honom.

Bussresan till matchområdet hade gått fint. Mariehems fotbollsgäng gick i samlad trupp med gröna matchtröjor fram till spelplanen. Nu gällde det verkligen att satsa allt, gå in med full fart, vinna första matchen och sedan bara köra på tills laget vunnit turneringen. Det största hindret på vägen mot vinsten var att Mariehem var ett ganska dåligt lag. De brukade sällan vinna matcher hemma i Sverige och troligen var det ungefär lika bra motstånd i Finland. Att Mariehem hemmaplan var en grusplan medans turneringen spelades på gräs borde inte varit till deras fördel. Ett annat problem var att det var första gången någonsin de skulle spela med offside, det kunde bli ett problem i lagets klassiska 4-4-2 sparka-spring-skjut-hoppas-på-turen-spel. Men trots det så drog ändå många i laget slutsatsen att de hade goda chanser att vinna turneringen. Den positiva känslan höll i sig ända tills det var dags för match. När Peter gick ut på planen så kollade han på motståndarna, nästan allihop var en decimeter längre än honom.

– Tror du att de lottat in oss i fel åldersklass, frågade Pelle.

– Nejdå, jag tror däremot att vi är kortare och mer tekniska, sa Peter i ett försök att gjuta mod.

Avsparken gick, Peter fick en kort passning och sparkade sedan bollen allt vad han kunde upp mot deras backlinje. Sedan sprang Peter och två till allt vad de kund mot bollen, backen i deras lag var inte riktigt beredd varken på att fått bollen till skänks av motståndarlaget eller att det kom tre killar springandes allt vad de kunde rakt mot honom. Att de tre killarna dessutom skrek något på svenska gjorde honom inte lugnare. Backen försökte skjuta iväg bollen men den gick rakt på den framstormande Peters bröst. Bollen flög i en liten båge framåt och helt plötsligt var Peter fri med målvakten. Peter slog till bollen två gånger före han tog i allt vad han kunde. Han fick foten alldeles för mycket under bollen så bollen flög mer eller mindre rakt upp. Men när Peter tittade upp så såg han till sin förvåning att han hade lyckats lobba över den utrusande målvakten. Bollen studsade retsamt sakta in i mål. Peter hade gjort 1–0 efter mindre än en minut. Det verkade som att det trots allt låg någonting i tankarna om att svensk fotboll var bättre, det fanns stora chanser att vinna turneringen.

– Jaaaa, skrek Peter medan hans lagkamrater sprang emot honom för att göra en målhög.

Göran jublade högt och Peter såg i ögonvrån hur han kom inspringandes på planen med filmkameran i handen.

– Snyggt mål, hur känns det, säg något till kameran.

Dommaren visste inte riktigt vad han skulle göra, för han hade aldrig lärt sig vilka regler som gällde när en förälder sprang in på planen med en videokamera. De finska ledarna verkade inte heller veta vilka regler som gällde, men att döma av svordomarna så verkade de inte tycka att det var en del av spelet. Mariehem dominerade matchen några minuter till, det verkade som att finländarna var chockade dels av det snabba målet, dels av Görans inrusning. Men snabbt så vände matchbilden. Det finska laget var mycket bättre på att passa bollen, skjuta, springa, stå rätt. De försökte passa medan Mariehem körde på att tjonga allt du kan taktiken. Dessutom så vann finländarna nästan varje närkamp. Men med mycket vilja, en stor portion tur och tre ribbträffar så höll Mariehem ledningen halvleken ut. I början på andra halvleken så gick det inte längre, Mariehem släppte in ett mål och matchen stod lika. Pressen fortsatte men finländarna lyckades inte få in något mål. När det var en minut kvar fick finländarna ett sista läge. Det var två finländare som försökte springa förbi Mariehems backlinje, tre av backarna sprang upp för att ställa offside, men Pelle som inte riktigt förstått offsidereglerna sprang istället allt han kunde ut mot sidlinjen. Han upphävde offsiden och de två finländarna blev fria med målvakten, de gjorde inga misstag och satte bollen enkelt. Mariehem försökte desperat få in ett till mål för att kvittera, men varken orken eller förmågan fanns där. Trots den starka öppningen så hade de förlorat sin första match

Dagen efter började i moll på grund av förlusten, men efter lite frukost så var laget på gott humör igen. De hade trots allt haft ledningen och dominerat matchen först minuterna, chansen att vinna turneringen fanns fortfarande kvar. De skulle vara hela dagen på leklandet Wasalandia då nästa match var först på kvällen. Göran hade tagit på sig ansvaret för att lotsa runt laget vilket Peter var missnöjd med, utöver risken att Göran skämde ut Peter så hade Göran katastrofalt lokalsinne men var ändå alltid helt säker på vägen.

Peter, Krille och Hamid gick direkt till radiobilarna. Det var roligt att krocka och dessutom så brukade de inför varje omgång välja ut någon som de krockade extra mycket med. Första omgången valde de en kille som var ungefär i samma ålder som dem, till deras stora glädje blev han arg för att de krockade så mycket med honom. Även om de inte förstod finska så förstod de att orden han skrek var finska svordomar, troligen grova svordomar. Efter första omgången ställde de sig direkt i kö för att köra igen.

— Såg ni hur arg han blev, frågade Peter Krille och Hamid.

— Eller hur, det var ju kung.

— Visst kör vi igen?

— Absolut.

De kollade runt i kön efter lämpliga mål. Peter såg en tjej som var ungefär i deras ålder, han spanade på henne i smyg ett tag före han puttade Krille och Hamid lätt i sidan, han pekade på henne. De nickade mot varandra. När de satte sig i radiobilarna igen var det samma taktik igen, även om de körde runt lite så var fokuset hela tiden på att krocka den utvalde tjejen. Det blev dock inte lika roligt som förra gången, efter ungefär halva tiden hade gått så satt tjejen fast intill en kant och kunde inte komma loss, när sedan Krille kom med fart och krockade henne så började hon att gråta. De körde klart hela omgången men när de var klara så skämdes de allihop. De gick planlöst runt mellan olika åkattraktioner under förmiddagen, åkte i en stock som gick runt i en vattenbana där man blev nedstänkt, åkte snurrande tekoppar. Peter kunde inte släppa att de fått tjejen att börja gråta. Anledningen till att han valt ut henne var för att han tyckte att hon hade varit så snygg, det var hans försök att närma sig henne. Men planen hade inte riktigt fungerat.

Under hamburgerlunchen så började humöret sakta vända. Krille, Hamid och Peter började hetsa varandra till att åka det stora vikingaskeppet som åkte upp och ned i en stor pendel. Peter hade vid tidigare besök åkt vikingaskeppet vid två tillfällen, han hade också två gånger kräkts efter att ha åkt vikingaskeppet. Men eftersom de hade börjat hetsa varandra så stod de snart stod i kön till vikingaskeppet. Väl i kön så avtog hetsningen, ingen av dem egentligen ville egentligen åka, men ingen av dem vågade säga det alla tänkte. De stod storögt och tittade på det stora skeppet som svängde fram och tillbaka. När det var deras tur så satte de sig bredvid varandra och fällde ned metallstängerna som skulle hålla fast dem. Vikingaskeppet började sakta att åka upp och ned, till en början i små rörelser men höjden ökades efter varje pendling. De första små pendlingarna var roliga men allt eftersom tiden gick kändes det mer och mer obehagligt. Till slut var det så stora pendlingsrörelser att de såg marken rakt under sig när skeppet var uppe och vände. Peter kände hur det började vända sig i magen, han försökte fästa blicken rakt fram på en punkt och fokuserade allt på att inte kräkas. Bredvid sig såg han på sin högra sida hur Krille började gråta och på sin vänstra sida hur Hamid skrek ut sin rädsla. De andra som åkte skeppet kunde man grovt dela in i fyra grupper, de som spelade oberörda, de som levde ut sin rädsla och antingen skrek eller grät, de som satt hel tyst och krampaktigt höll i stången samt det fåtal som faktiskt njöt av skeppet. De som verkade njuta av åkturen var i tydlig minoritet. Till slut var åkturen över, Peter staplade så snabbt han kunde fram till några buskar och började kräkas. Hamid sprang även han men snavade på ett trappsteg, föll handlöst och stukade foten. Krille stod kvar vid vikingaskeppet och grät. När Peter torkat sig om munnen gick han först och tröstade Krille, sedan gick de tillsammans och hjälpte Hamid halta mot utgången. Klockan var slagen och det var dags för bussfärd till skolan. Trots att Peter hade kräkts, Krille gråtit okontrollerat och att Hamid hade stukat foten så var Peter ganska säker på att de nästa gången de var på Wasalandia skulle åka vikingaskeppet igen.

Det skulle varit en tidig middag för att hinna ut till fotbollsfältet igen för att spela den andra matchen. Men eftersom Göran varit den ansvarige för laget så var de sena, därför fick de kasta i sig maten för att ens hinna till matchstart. Även i den matchen så skulle de möta ett finskt lag som såg ut att vara betydligt äldre än dem själva. Spelarna i Mariehem hade dock skakat av sig den förra förlusten och trodde nu på seger. Peter tyckte att uppvärmningen gick bra, han satte indianhoppen perfekt, kände sig lätt i benen när de joggade runt planen. Peter hade en skön känsla i kroppen, han mer eller mindre visste att han skulle göra ett mål direkt i matchen. När matchen blåstes igång så var det samma taktik igen, Peter sköt upp bollen allt vad han hade och sprang efter den, men till sin förvåning så sköt motståndarbacken bollen allt vad han orkade tillbaka. Bollen flög över alla utespelare och studsade sedan högt mot mål Mariehems mål, det var så oväntat att målvakten nästan släppte in den. Peter förstod ingenting, han hade ju förberett målgest och hade sett framför sig hur han av bara farten skulle göra minst två mål till. Men Peters förhoppningar grusades snabbt, det visade sig att det andra laget inte bara var bättre på att skjuta långt, de var bättre på allt. Mariehem kämpade för att hålla emot men det andra laget tog snabbt ledningen med tre noll. Efter en god kämpainsats så lyckades Mariehem hålla nere siffrorna till fem noll. Efter matchen så var många uppgivna, Peter, Krille och Hamid satt bredvid varandra och grät. De hade åkt ut ur turneringen redan i gruppspelet, detta trots att de sett sig själva som varit favoriter till att vinna hela turneringen. Stämningen började vända på vägen hem och när de kom in i klassrummet var matchen nästan glömd. Peter spenderade kvällen med kortspel och lite allmänt bollspel. När laget gått och lagt sig och lyset släcktes så fortsatte många i laget att prata. Tränarna kom in flera gånger från sidorummet och bad dem vara lite tystare. Laget hade sin sista gruppspelsmatch morgonen efter.

— Men vi kan ju inte sova, sa Krille.

— Det är jättesvårt, sa Hamid.

— Det är för att ni pratar, sa Göran.

— Men det är lättare när man sover hemma, där har man sin egen säng.

— Och då har man någon som läser sagor för en.

— Eller sjunger godnattvisor.

Peter hade inte helt klart för sig vart de ville komma, men det kändes fel på något sätt.

— Kan inte du Göran sjunga någon godnattvisa för oss?

— Snälla, då kan vi vara tysta sen.

Nu förstod Peter planen, de ville enkelt att Göran skulle sjunga så att Peter fick skämmas. Peter tänkte sätta sig upp för att protestera men före han hann sätta sig upp så kom Göran in i rummet med gitarren i handen. Trots att Göran i vanliga fall var långsam så var han blixtsnabb att hämta gitarren när det gavs möjlighet att spela. Peter visste att när Göran väl hade gitarren i handen så var det kört. Han la sig ner och låtsades sova.

— Visst kan jag sjunga en låt eller kanske två om ni lovar att vara tysta efter det, sa Göran.

— Ja sa lagkamraterna i kör.

Göran började spela. Peter hörde skratten och kände hur många ögon riktades mot honom. Det fanns bara en sak att göra, att fortsätta låtsassova. Troligen var det ingen av kompisarna som alls ville höra godnattvisor, det de ville var att Peter skulle få skämmas. Göran i sin tur tänkte "Kloka killar som uppskattar en god spelman". Han hade en publik som uppmanade honom att spela. dessutom applåderade de och ville höra mer, Göran bara njöt under de sju låtar han spelade. Peter hörde länge sina lagkamrater prata om Görans sång och Peters röda kinder. Den natten somnade Peter långt efter alla andra.

Nästa dag var det dags för den avslutande gruppspels-matchen, laget hade bestämt sig för att göra sin bästa match trots att de inte hade någon möjlighet att gå vidare från gruppspelet. Mariehem skulle försöka lämna Finland med flaggan i topp. Tyvärr skulle Mariehem möta laget som redan var klara gruppsegrare, motståndarlaget hade vunnit klart mot båda de lag som Mariehem hade fått stryk emot i tidigare matcher. Allt pekade mot att det skulle bli ännu en förlust.

Men det började väckas en ny känsla i laget under uppvärmningen, alla kände att det var något stort på gång. Alla passade bollen mer precist än någonsin, de sköt hårdare än tidigare, sprang snabbare. Stämningen byggdes upp och det var som att Mariehem var i trance när de ställde upp för avspark. När matchen blåstes igång var det bara ett lag på plan. Mariehem spelade ut motståndarlaget totalt, allting stämde helt plötsligt. Spelarna i Mariehem var nog ännu mer förvånade än motståndarlaget, motståndarna hade ingen aning om hur dåliga Mariehem brukade vara. När matchen blåstes av kändes det som att det finländska laget äntligen fick avsluta sitt lidande, segersiffrorna skrevs sex noll. Peter förstod inte vad som hade hänt, även om han skrattade och njöt av segerns sötma så gick det inte riktigt att ta in att de hade varit så pass bra som de var. Även om de åkte ut i gruppen så hade de spelat den överlägset bästa matchen i sina liv.

Kapitel 15

Eftermiddagen efter att Mariehem hade vunnit sista
gruppspelsmatchen så var det glada miner. På kvällen skulle
det vara disco, men före dess skulle laget se på det som Göran
filmat från matcherna. När laget kom tillbaka till klassrummet
efter middagen så stod Göran med filmkameran och alldeles
för många sladdar framför tv-apparaten.

– Verkar vara något fel med kameran.

Peter orkade inte hjälpa sin far utan gick och la sig istället.

– Det kan bero på att det inte går någon sladd mellan
videokameran och Tv:n, sa Hamid.

Hamid tog upp en sladd som hängde från filmkameran och
stoppade in den i ett uttag på Tv: n.

– Just ja, det var så det var, sa Göran, samtidigt som han
triumferande såg att det kom en bild på tv-skärmen, jag
visste väll att jag kunde fixa det här.

Laget samlades i en stor ring på madrasserna framför tv-
apparaten. Göran ställde sig och började berätta.

– Ni kom hit och det började riktigt fint, ni gjorde ett snyggt
mål direkt, det var ju du Peter som gjorde det, ställ dig
upp nu.

Peter ville inte ställa sig upp, men han insåg också att han inte
hade något val.

– Det var ett snyggt mål, men sen var ni dåliga resten av
matchen. Ni var riktigt dåliga i andra matchen. Men sedan
spelade ni riktigt bra i sista matchen. Har försökt filma
alla mål och farliga målchanser. Tryck på start nu Peter.

– Du menar play, sa Peter.

– Nej, du ska trycka på start.

Peter orkade inte förklara skillnaden mellan play och start för
Göran. Filmen rullade igång, det började med att laget klev på

finlandsfärjan, sedan några korta scener från färjan. "Han verkar ha gjort det här ganska bra,", tänkte Peter. Första matchen började bra, Göran hade filmat Peters mål samt hur han själv sprang ut på planen och gratulerade Peter. Göran hade dock glömt att pausa kameran efter första målet så det var flera minuter där filmen bara visade fötter och gräs, de enda som hördes var Görans röst. Sedan när det var en farlig målchans så såg man hur Göran tog upp kameran och pausade. Han hade hela matchen stäng av kameran när han tänkte filma och vice versa. Nästa match hade Göran filmat bra men laget spelat så dåligt att det knappt fanns någon målchans för Mariehem. Från sista matchen fanns det mycket film, men tyvärr var det helt svart bild, Göran hade glömt ta bort linsskyddet. Så laget fick höra flera minuter svart bild men med glada hejarop och målglädje.

Efter filmen var det dags att göra sig redo för discot. Peter ställde sig framför spegeln men var inte nöjd med det han såg, det var inget speciellt han ogillade, men han ville bara vara allmänt snyggare. Egentligen ansågs han vara ganska snygg, men eftersom han var så pass blyg att han knappt vågade prata med tjejer så hade han aldrig förstått det. Han stod länge med kammen framför spegeln och kammade en perfekt mittbena, det hade inte gått att göra den rakare ens med linjal. Efter det tog han en stor portion sprayparfym på halsen.

Göran hade kollat upp vilken buss de skulle ta men han hade inte räknat med att det skulle ta tid att gå till bussen. När laget såg busshållplatsen så stod bussen redan där och höll just på att åka iväg.

– Spring grabbar, skrek Göran.

Laget sprang och Göran smålunkade bakom dem. Då busschauffören såg alla som kom springandes stannade han

och öppnade dörrarna. Han hälsade glatt när de steg på
bussen och verkade ställa en fråga. Men eftersom ingen kunde
finska så var det ingen som kunde svara. Göran kom tillslut
fram och sa till busschauffören

— Vi ska till discot.

Chauffören nickade glatt mot Göran och frågade honom
något. De började att prata med varandra, Göran kunde inte
finska och busschauffören kunde inte svenskas. Trots det
pågick samtalet förvånansvärt länge.

— Nu har jag fixat så han ska säga till när vi kommer till
discot.

Peter var tveksam till att busschauffören verkligen hade
förstått det. Det var god stämning på bussen, det låg en spänd
förväntan i luften. De var i åldern där ingen visste riktigt hur
de skulle förhålla sig till tjejer, nästan alla var eller hade varit
småförtjust i någon tjej men ingen vågade öppet prata om
tjejer. Bussresan tog längre tid än förväntat, Peter tyckte att
bussen tog en lång omväg till discot. Att det dessutom inte
fanns några spelare från andra lag, trots att många andra lag
bodde på skolan och de flesta nog skulle till discot, oroade
Peter. Det var ungefär trettio minuters promenad till discot
enligt informationsbladet, men nu hade de suttit över tio
minuter på bussen utan att komma fram. Efter lite tjat så
övertalade Peter Göran att gå och prata med busschauffören.
Det förstod fortfarande inte varandra men nu var det en av
medpassagerarna som tolkade. Göran kom snart tillbaka.

— Det har blivit ett missförstånd, chauffören lurade oss att
ta fel buss, den här går inte alls till discot.

— Men du hade ju kollat upp det, sa Hamid.

— Ingen fara, jag är van vid att lösa situationer där andra
gjort fel.

Göran gick fram och hade en lång diskussion med chauffören via tolkande medpassagerare. Efter fem minuter kom han tillbaka och berättade att han fått chauffören att köra laget förbi discot då det ändå var chaufförens sista planerade resa för dagen. Peter känd de blandade känslor av skam och stolthet som han var van vid att känna. Det var pinsamt att hans far hade misslyckats med en så enkel sak som att kolla en busstidtabell. Men samtidigt var det imponerande att han hade lyckats övertala en finsk busschaufför, via tolk dessutom, att på sin fritid köra laget till discot för att Göran hade läst fel i tidtabellen. Hela laget satt där och skämtade om hur de hade åkt fel samt hur klantig Göran var, men samtidigt var lagkamraterna märkbart imponerade av hur Göran sedan löst problemet.

Laget anlände till discot i samlad trupp. Kön var relativt lång vilket bådade gott. Som alla diskon på fotbollscuper så hölls det i en skola. Byggnaden andades sjuttiotal, den bestod av vitt tegel, det var några fönster högst upp men annars var det enda man såg det vita teglet och ett rött tak. Det krävdes inte mycket fantasi för att likna byggnaden vid en stor vit tegelsten. Peter kom fram till dörrvakterna, de sa något som han inte helt förstod, men han misstänkte att de ville att han skulle skynda sig in. Väl inne i byggnaden var det mycket folk, de flesta stod och pratade i cirklar av olika storlek utanför själva matsalen där discot var. Folk från de olika cirklarna sneglade mot varandra, men det var ingen som ville lämna tryggheten i sin cirkel. Inne i matsalen var det bara ett tjejgäng som stod och dansade i ett hörn samt några vuxna. Peter funderade först på att gå in och dansa men insåg att han inte vågade så han ställde sig istället med lagkamraterna utanför. Sakta förflyttade sig grupperna mot dansgolvet. Tillslut stod

Peter cirkel bara några steg ifrån att verkligen gå in i matsalen.
När de stod där, pratade och spanade så började det gå en tjej
mot gruppen. Det här var en situation som de inte var vana
vid så samtalen dog ut. Den enda som hade lite vana av att
det kom fram tjejer till honom var Krille, så han vände sig
mot tjejen och förberedde sig på att hon skulle börja prata
med honom. Alla tittade storögt mot den vackra tjejen som
nu nästan var framme vid gruppen. Krille började säga något
men avbröt sig själv då hon gick fram till Peter och sa något
på finska som han inte förstod. Peter kände hur hans kinder
blossade till.

— Jag fö-fö-förstår inte, stammade Peter fram.

Hon sa något mer och nickade med huvudet mot dansgolvet.
Det var först då som Peter verkligen såg hur vacker hon var,
hon hade ett glatt leende, vackra ögon och fint ljust hår. Peter
nickade också mot dansgolvet, hon tog hans hand och de gick
iväg. Låten som spelades visade sig vara en tryckare vilket
gjorde Peter både glad och stressad. Tjejen ställde sig nära
honom och la sina händer på hans axlar, Peter tog något
grepp som var både krampaktigt och svettigt. Han var rädd
för att hon skulle tycka att han höll konstigt vilket gjorde att
han bara svettades ännu mer och höll ännu mer krampaktigt.
Men efter ett tag så la tjejen ansiktet mot Peters bröst. "Hon
verkar ju faktiskt gilla det här", tänkte Peter. Han blev mindre
och mindre stel. Tillslut var han så pass avslappnad att han
faktiskt kunde njuta lite av stunden. Men samtidigt som han
försökte njuta så jobbade hans hjärna på högvarv för att säga
något klokt. När så låten slutade och de slutade kramas så
vände han sig mot henne och frågade.

— Får jag lov.

Han kände att det var konstigt att fråga det då de nyss hade
dansat klart.

– Vill du da-da-dansa igen menar jag, eller jag menar att det
var t-t-t-trevligt att dansa, fast du får bestämma om vi ska
dansa igen.

"Vad säger jag", tänkte Peter, "Är jag helt dum i huvudet, nu
verkar jag vara värsta mesen". Hon svarade först ingenting,
"har jag sumpat chansen nu för att jag är så jävla konstig med
tjejer", tänkte Peter. Men sedan svarade hon något på finska
som Peter inte förstod. När nästa låt började så omfamnade
de varandra igen. Kvällen fortsatte i samma stil, de försökte
prata ibland men förstod inte någonting. Men de dansade och
kramades hela kvällen. Att hon inte förstod vad Peter sa
gjorde att han blev mer och mer självsäker och tillslut kunde
prata med henne utan att hela tiden bli röd och stamma.

De kramade varandra länge efter diskot. Hon
tog fram en penna och skrev något på en bussbiljett. Peter
förstod inte vad hon menade men tackade henne i alla fall.
Hon räckte pennan mot Peter och höll fram en annan
bussbiljett. Han hade ingen aning om vad hon menade, han
visste inte hur man gjorde med tjejer. "Vad vill hon att jag ska
göra", tänkte han. Så pekade hon igen på bussbiljetten, han
förstod ingenting. Då tog hon bussbiljetten och pekade på det
som hon hade skrivit. Han förstod ingenting men fortsatte
titta. Tillslut så gick det upp för honom att hon hade skrivit
sin adress på bussbiljetten. Han tog då pennan och skrev sin
adress på den andra biljetten som hon hade i handen. De gav
varandra ännu en lång kram, när de kramats klart så tog hon
sedan hans ansikte i sina händer och gav honom en kyss.
Resten av kvällen så sprudlade Peter av glädje, han var så pass
lycklig att hans inte ens skämdes när Göran sjöng
godnattvisor före hela laget skulle somna.